时光墙下

方　晗一著

团结出版社
UNITY PRESS

© 团结出版社，2024 年

图书在版编目（ＣＩＰ）数据

时光墙下 / 方晗著 . —北京：团结出版社，2024.
10. —ISBN 978-7-5234-1185-8

Ⅰ . I217.2

中国国家版本馆 CIP 数据核字第 2024GU7398 号

责任编辑：郭　强
封面设计：书香力扬

出　版：团结出版社
　　　　（北京市东城区东皇城根南街 84 号　邮编：100006）
电　话：（010）65228880 65244790
网　址：http://www.tjpress.com
E-mail：zb65244790@vip.163.com
经　销：全国新华书店
印　装：四川科德彩色数码科技有限公司

开　本：145mm×210mm　　32 开
印　张：7.625　　　　　　　　字　数：175 千字
版　次：2024 年 10 月 第 1 版　　印　次：2024 年 10 月 第 1 次印刷

书　号：978-7-5234-1185-8
定　价：48.00 元
　　　　（版权所属，盗版必究）

前言

　　"系统地写完一本诗集"是很偶然间产生的念头，在那之前，我接触过的现代诗歌并不多，哪怕中外名篇亦是如此。初中时倒是试着写过几首古诗词，与之相较，数量既少又多为涂鸦之作的现代诗则无韵无味，更像是饶舌者的插科打诨。

　　大概五六年前吧，因为空虚，也因为蹉跎时光所带来的紧迫感，我决定非得开始写作不可了。而第一首诗作便是——《沉睡的爱情》，在接下去的半个月又陆续写了二十多首，可惜这些试手之作大多质量低劣，别提堂奥了，就连门径也未窥得。

　　然而心中的热情既已点燃，那便是任何"灭火器械"都无法轻易扑熄的。在写作过程中难免也有灰心丧气的时候，但更多的还是反复推敲带来的乐趣，以及改无可改，于是刹那间放松下来的感觉。可能是因为护犊之私吧，我对其中的好几首也曾爱不释手，只是写写改改之余仍然会在不满意与不舍得之间徘徊难择。

　　写诗之人或许不应该想得那么复杂，光等灵感的主动眷顾即可，然而非亲自投身于诗歌创作当中，不足以切身体会古今中外那些有名无名的诗人的快乐与烦恼。自古都说"文人相轻"，可不管是下里巴人还是阳春白雪，写作时的忘我应该是一脉相通的。

由于写作每个阶段的不同，诗集的风格也跟着发生了大大小小的改变。这其中既有日积跬步的喜悦，也有灵感消失的遗憾。在改换写小说后，诗心更是慢慢地荒芜，成了一门不再得心应手的技艺。

短句则在八九年前便已初具雏形了，那时的内心感受装了一面放大镜，却也是想象力最为活跃的年纪。受泰戈尔《飞鸟集》《新月集》的影响，我尝试着将无处宣泄的内心想法用文字记录下来，一点一滴，即使被否定也不放弃。那时候自己虽然视界狭隘，但我还是庆幸，当年那个狂热到没有自知之明的傻瓜，最后还是选择了忠实于某个遥不可及的梦想。

至于散文嘛，或许仅是添头，因为它并没有多少生活的温度，只是像地穴岩缝间涌出的泉水，可以消暑，却没法痛饮。不过可能在许多年后再看，羞愧之余会另有发现吧。

总之，这三部分内容虽各有短板，离"字字珠玑"的要求差了不知是否有十万八千里，可就算名家也会偶有败笔，而将拙作"献丑"的我，还是尽量往好的方面去看、去想，不致让自己太过于惶恐吧。

目录

- 散文 -

短 句

时光墙下

一

母亲坐在床沿，握住受病痛折磨的我的手。我们谈起过往的事情。

为何我的心不胜酸楚？因为母亲沉默而安详的笑容，仿佛她什么苦难也未曾承受。

二

将火柴插在入夜前半湿的田野腹心，然后点燃它。

小小的光芒照亮了虚无迷茫的世界，这是我送给你的礼物。

三

树荫下，旅人正在休憩，在难得的空罅间，他做了一个梦。

他梦见自己回到了旅途的起点——那是他的故乡：风车在山坡上缓缓转动，大朵大朵的向日葵如士兵般列队敬礼。

醒来后，他又要继续启程了，却不可避免地产生了些许感伤。

四

无数雨滴跌落在车窗上，它们只是模糊了车窗，却以为自己模糊的是整个世界。

五

燕子来寻它的故垒了。若寻不着时，它便会在春昏底下盘旋几圈，悼念自己那不知何处去了的家。

六

楼房很高，屋顶的强风吹来，我便解开了缠绕着的线团。

我既不跑，也不跳，只有风筝在低空拼命挣扎着想去更远的高处。

我听见它在狂风中几乎要被折断骨架、撕裂糊纸的声音了。

七

我在心底为你铸起了一尊雕像，它既非金的，也不是银的。

不要侮辱了这尊雕像吧——它由血肉之躯铸就，虽然难逃消亡的那天，但它不在永生中来获取满足。

八

我们既走过遍覆芦苇的浅滩，走过异国古老的巷弄，也走过水乡水城，更走过风雨下的沙的王国。

然而我的旅伴，我们究竟是何时走进彼此心中的呢？

九

到底是什么搅扰了我的思考？不是大吵，不是大闹，而是遍布室内，无处藏身的苦闷与烦恼。

十

鱼篓内的虾、贝、螺蛳，还有泥鳅，它们闭塞了耳目，在淤泥里艰难地呼吸。

那条红鲤鱼却拼了命地挣扎，它在空中翻跃时划出的弧线如一张满弦的弓。

它是不相信命运的！

十一

相片内你那天真的笑，令我感到心底好温暖。

然而是什么蹂躏了你，让你变得如此畏畏缩缩？

十二

冰冷的原野上，随着作为前奏的尖利的歌声过去，突兀的哭声又开始响彻其间。

情绪的洪流裹住了男孩的周身，束缚着他那敏感却向往自由的灵魂。

十三

候鸟因了南方的暖而做长途及成群的迁徙。

我因了你人格的力量而向你的心靠拢。

十四

夏暮时分，蝉鸣就快止歇了，旷野中那铁屋内的许多双耳朵恐又要闲得发慌了。

但是不用担心，蝉鸣之后还有虫唱，要随思想的琴弓而奏出质朴的清音。

十五

你灰尘色的脸，证明了你的辛劳，却没有什么来证明你心的宽广。

十六

人在困顿气闷时便渴求风，在彷徨无地时便渴求飞。

然而到了可以安逸下来的地步，他们便只求能半梦半醒了。

十七

我是想独自一人在山上过完某个新年的。

独自燃放一串鞭炮，聊作庆贺；再独自在漫山的鹅毛大雪下静待，直到自己被塑成一个白胖的雪罗汉。

十八

纠结成团的云块，四下乱窜的凉凉雨星，预示着骤雨的将至。

天与山峦缝接的口袋被割开了一处，漏进一些凝光来，仿佛某位天神正攥着口袋的伤疤窥视。

十九

幼年的灯光下，我与她一同看夜黑下去，雨大起来，风将别处的光影摇曳个不停。

这是我生命中屈指可数的某个温馨片段。

二十

夏夜的风是个窃贼，将我身体内的疲惫，连同白昼的光与喧嚣都不知偷往何处去了。

她的恶作剧让我误以为回到了孩提时代，虽然那只是转瞬即逝的事情。

二十一

为了一个晴天，你能直追过地平线去。

而我只能伫守在墨绿色的原野正中，等待无数场大雨来迷自己的眼。

你如飞鸟一样自由，我却似一尊雕塑，永远无法迈步前行。

二十二

马路上扫干净了雪，男孩骑辆单车载着心爱的女孩——

这只是小雪人的一场痴梦，却足够让它回想上大半辈子。

二十三

季节恰是早冬，我站在呈漠白色的寒江边，赏望城市上空的初雪优雅舞坠。蓦然回首，公园内红叶却正烂漫。

寒江，初雪，红叶——将寂寞书写成了艺术。

二十四

橘树都开出了小白花来；油菜也籽实饱满地等待着收获之期；覆盆子在野地里自由地生长——我们永远不知道安适地做一株植物是什么感觉，正如夏虫无法想象冰雪的寒冷。

二十五

夏日里有阵阵暖风的午后，阳光明亮而温烫，云层势若奔马，绿荫轮廓熠熠。

我看见沿途人们微笑与专注的模样，觉得这真是一部永垂不朽的巨著。

二十六

晚春时节带几缕惆怅的老街；雾蒙蒙的早晨；湿漉漉的青石板路；午后袅袅升起的炊烟；半晴半雨的初夏；斜阳下漫天飞舞的芦花；秋千，蜻蜓，酒肆还有茶楼——都是采撷自江南千万首小诗中的一首。

二十七

城市的晚秋；寒流下的温柔灯光；清冽的冷风；逐渐裹得严实起来的秋衣；快要落尽叶子的枫树与梧桐——我的心忽然伤感起来，是多么令人享受的一件事呀！

二十八

草席上的光影角度倾斜，是预演，也是回放。无数的日子这样到来，又这样离去。

二十九

"凭什么枭鹰可以振翅云间？虎豹能令百兽震惶？这实在太不公平了！"说罢，鸭子在泥塘内打了个滚，"还好上帝给了我这样一个舒服的处所作为补偿！"

三十

当你甘心为了追求某物付出许多，那么便不要对那被付出的许多解释："我原是不愿以你们作为交换之物的。"

三十一

在我生日那天，空荡荡的，不曾有一人来祝贺，于是我便知晓：自己原是不被人在乎着的。夕阳下的屋子里，只剩了我独自坐着。

三十二

我坚持着，是因了你无所畏惧的眼神；我对命运轻蔑地笑，却是因为你什么也不多留于我，只在暗夜里替我点了一盏叫作"勇气"的灯。

三十三

最终是往事选择了将我们拒之门外，而非我们将其忘却。

三十四

篝火燃毕之后的灰烬静静躺在那，一只雪茄头对它说："不管你曾经发过如何巨大的光与热，我们都会一同被埋进土里，所以你我的生存价值等同。"

灰烬笑笑，随风飞扬开去。

三十五

我们到底是否认识呢？如果是，为何眼下又形同陌路？

我给出的答案是：我们只是彼此生命中无足轻重的路人甲乙丙丁，何况因时间溪流冲刷所形成的遗忘是从来不以人的意志为转移的。

三十六

曾几何时，我们仨经常厮混在一块儿，形影不离，谁也不会想到我们要走的路竟会如此截然不同。时间确实改变了很多，但我还是隐约能看见幼年的影子。时间改变不了我们内心的最深处，因为我们保护着那些珍贵的事物，直到沧海桑田。

三十七

也许这快乐的时光终究不过是昙花一现。可能要直到我流不出眼泪来的那天，回忆才会结束吧？然后就像一个蹩脚的童话，一切周而复始——某个少年爱上了某位少女，最后两人各自过着不相往来的平静生活。

三十八

在深山密林腹地丛生的蕨藓，听见一个歇脚的旅者说起："太阳热得快使我昏厥了，到处是刺目的光芒。"不禁纷纷嘲笑道：

"这真是一个失败的故事，虽然想象力足够丰富。"

"太阳每天都照在我身上，温暾无力，我敢断定这就是它全部的光了。"

三十九

河水在平原上湍急地冲淌，我感觉自己仿佛变成了一条青灰色的小鱼，在墨绿的水草间晕头转向，又身不由己地被裹挟向下游。透过波影只能看见难以沉淀的浑浊，我竟有些绝望——我如何才能斗得过这激流？！

四十

我忆起校园内的生活：每间教室都灯火通明，我站在楼下，觉着累了。

但当我闲下来时，却感到无趣了。

四十一

午夜的雨，没有光。我的心沉入海底般的世界，无声，然而充实。

四十二

我们在大雨底下拼命地奔跑，想要寻找一个能够躲雨的地方，然而每一排屋檐下，所有屋檐下都站满了目的相同的陌生人。

四十三

我的手掌早已鲜血淋漓，但我却将荆棘藤蔓握得更紧了，只因它是通往梦想的唯一途径。

四十四

你见过城市中的河流吗？灰蒙蒙的天空下，他总是心事重重地爬着，不敢哼一句情歌，不敢漾半个笑窝。

四十五

如果还能遇见你，我应当说些什么呢？
虽然我已经无数次在想象中重温了与你的相会。

四十六

晴天底下我流着泪，雨天里我却笑得合不拢嘴。
人的哭笑明明是这样自由，恍如兴至则来，兴尽则归。

四十七

麦田上的风，我愿为一朵伞似的花，团团飞旋，乘着你的呵气忽高忽低地旅行。

四十八

坐在公交车上，眼前走马灯般掠过这座城市的阴天，极易惹人伤感。车内的旅伴换了一茬又一茬，物是人非的感触更令这情绪登峰造极。

其实逼迫我们伤感的并非某处风景，而是某段光阴。因为风景可以照旧，光阴却不能悬止。

四十九

我枯坐着，不想因为门外的春光而动心，然而我终究是逃脱不了尘世的罗网的。

五十

我愿意住在巴洛克式风格的阁楼内，再开一扇浪漫的天窗。漆黑深夜落的雨，黎明前夕微薄的光，都会争相挤到天窗外头来。

每天，我还要跟笔下的人物打交道，将一摞一摞的手稿捆扎好。

这间小小的阁楼，是我灵魂的休憩处。

五十一

我越过神秘的天阶，要去寻满天繁星中独属于自己的那颗大星。

五十二

秋雨连日地倾泻，我经常伫立在窗边，回忆起少年时期淋雨的场景。

只是年华昏昏地老去，我也将无可避免地走向迟暮。

五十三

我的口袋原来竟是破的——无数感情被放置进去，又都溜了个干净。

五十四

太阳底下的水泥地上，水管内的水汩汩地漏淌了出来，映着晴旷的云天。

当没有低处可供它们流下去时，它们便只能朝向天空去蒸发了。

五十五

我不愿想象，我是奢望着能亲自走过那些风景的。

我会用最美的文字记下旅途中遇见的事与人，这便是我全部的执念！

五十六

在眼泪的清光下，我说："还有希望！"

语气如此坚决，只因我突然想起了一些生命的细节，不为人知，却丰沛充盈至斯。

五十七

天空中堆积着厚重的灰蓝色层云，远处有烧秸秆产生的浅黑焰烟升腾而起。然而在黄昏降临之前，它们慢慢消失干净了，仿佛是于海上的暴风雨之夜里，水手们所见到的蛇发女妖那样诡谲而短暂。

五十八

外婆坐在邻楼的阴影下，用草芯与麦秆编织团扇。一只脏兮兮的小黑猫在门槛附近慵懒地伸腰——这真是一个美好的上午，或许能让病人的眼睛也焕发出光彩！

五十九

夜空当中孤零零地悬着一朵灿亮的光云，宛如一个我行我素的顽童。

然而我很喜欢它的姿态，因为我们都曾面对过没有同伴的残酷黑暗。

六十

雨后的湖山怀拥着只有在仙境中才能看到的熠熠岚霭。原来昏蒙的云层突然涤散开来，连成块状后很快便融入了以蔚蓝为底色的天壁。视野的尽头是一丘凑成了金针菇般的树林。一艘轻瘦的划舟在波光粼粼的湖面上轻摇缓行。

六十一

偏远的边陲，人烟稀少，孤独便是它的壮丽。

六十二

当冰块在早春暖洋洋的阳光下即将融化之际，兴许会有这样的感想：我又要做天上地下的来回旅行了，这真是最最愉快的事情——我的身体就要化了，但我的灵魂却自由了！

六十三

被命运所厌弃的孩子，你正被栖居在你心底的精灵深爱着。

六十四

春日的晌午微暖，风儿踮起足尖在溢满春光的天地间来回钻蹿。对岸山峰上的草木摇曳生姿，当叶面翻转，会闪现出浅青色的光亮。河水跟天空相映成趣，都是淡淡的蓝。有时候河滩上会突然暗下一大片，迅即又布满阳光，那是云层聚而复散之故。

六十五

南风穿庐而过，书页掀翻如轮，竹影狂舞似醉。

然而这句话中的意境还少了藤椅、蒲扇、单褂以及耷拉的睡眼。

六十六

太阳隐匿，但早晨的天空干净，树木绰约，微风如同故乡清肺的吐息。

六十七

箫声呜咽，和着水的拍击。你极目远眺，能否看见远方那艘浮沉的小舟？

它被命运的浪潮推向天边，隐没进朝阳满满的光华中去了。

六十八

雨点击打着院内的芭蕉。芭蕉怀着无由的愁绪，它不知道海边的棕榈是如何在狂风骤雨底下勇敢地袒露每一寸胸怀的。

六十九

我望着你，如高山仰止。你却不以成就傲我，不以虚名欺我，于是我便崇拜了你。

七十

雪山之下已是冰霜初融，鸟兽出没，草甸芬芳。沉睡了一冬的我又充满了生机，要用尽全身的力气来笑，来闹，来沿河床继续欢快地奔跑。

七十一

这栋危楼高耸入云，你在夜晚登它时，每一层都会亮起松明点的火把。

当你站上顶层，便可以欣赏孤月流照万里，与人间数不清的火树银花燃燃熄熄。

只要人们还继续劳作，华丽的想象之火便永不至于冷却。

七十二

有些人望见峰峦的险峻，便失去了继续攀爬的意志，还要讥笑那些正攀爬着的勇士。

七十三

在这个起雾了的黄昏，农夫踏过泥泞的小路往家里赶。

并不辉煌的灯火，一碗自酿的米酒，咿呀学语的子女跟糟糠之妻，就是他一天中守盼的全部幸福。

七十四

夜间凉快得紧，雷声"隆隆"地想要彰显出自己的权威。

可是孩子们全不理会，他们生活在雷声惊破不了的小小天地内。

七十五

我将一掷我手头囤积的光阴，我不愿让它们如同败家子的殷实家产，因坐吃而山空。

七十六

水杉的密枝叠叶内，偶尔能看见松鼠蹁跹跳跃。

它们最好的时光乃是在万木挨挤的盛夏，或者是雨天安卧在小巢内的时候。

而我最好的时光，就是现在！

七十七

外公已经衰弱得像是回到了蹒跚学步的年纪，而我感觉自己能为他做的一切，都是如此苍白无力。如果能让我早些意识到时光不待人该有多好！

七十八

屋外大雨倾盆而下。我是真的老了吗？为何心底泛起的仅是些许渺渺的涟漪？难道我已失去了热情，只能沦落为一介看客了吗？

七十九

真理之通俗易懂，如同一页白纸。

谬论却能找出汗牛充栋的理论来支持它自己。

八十

入夜前后，借着微弱的光亮，我豁命似的打着篮球。

直到力气统统用尽，所有的苦闷仿佛才随汗水宣泄出了体外。

八十一

深夜里下着暴雨的城市，就像是封闭的洋皮铁桶。雨点义无反顾地跌落粉碎，如同江河终要汇入大海，它们也终要汇入暗无天日、错综复杂的地下水道。

然而，它们还将继续百转千回地奔赴何处呢？

八十二

童年的某个黄昏，故乡的落日将我瘦小的影子拉长在无声的旷野之中。

许多年后在异乡的黄昏下，一切又都重现，只是晚风那亲切细碎的问候，我再未听过。

八十三

我既不能够摆脱欲望，也无法抛开俗念，但它们无法进入我心灵的最深处，因为在那些美好的事物面前，它们感到羞惭了。

八十四

凉飕飕的雨雾下，我的心底上演起了童话剧：水洼成了湖面，而我是只游弋的水鸟。

可是雨雾过后呢？我会被现实的铁腕拉拽回哪一处贫瘠的荒漠？

八十五

放学前，铅尘低悬，空气抑闷，谁能拉车雨云过来，再挤出一场痛快淋漓的及时雨呢？

八十六

这是一趟极为艰辛的旅程，而我只拣荒僻没有脚印的路走。

八十七

乌云之上的雷电俯瞰着众生，正如骑士驾驭着天马，要随瓢泼大雨而俱下。

八十八

当我看到路边的野草时，便想起了自己的命运：它柔韧，饱受践踏，所追求的却只不过是转瞬即逝的露珠。

八十九

暑夏的午后，飞鸟的矫健雄姿尚能在大地上投下掠影；而到了雨后初霁时分，它们仅在须臾间丰满完整了水墨卷轴似的天空。

九十

一只瘦得可怜的小猫跳下石头台阶，嘴里叼着什么跑进了阳光斜倾的小巷。乡野间所有关于夏日的香气，我最最熟悉桔梗。

九十一

光风仿佛要将正午的阒寂连根拔起；野荸麻远离阴影；男人在用农具扬枷捶打豆秸秆；弯着腰的女人像是拾穗画中唯一的人物；羊毛待薅的群羊在路边啃草，两只公羊如孩童嬉戏那般斗角；每年大多数时间都关闭的红糖厂才刚刚开张，顾客们踏过满地甘蔗的渣滓到木板房内选购红糖产品。

九十二

痛苦不断累积的最可怕的地方莫过于：它使你所有关于美好的记忆逐渐缺失，却又不时留给你部分残破的影子，让你明白自己曾经拥有过它们——如此不依不饶。

九十三

吾心中有一小苗长成之巨树，晴也不辍，雨也不辍，日繁其冠叶。

九十四

天空倏忽放晴，青塘内一半倒映着蓝天，一半点缀着残荷。马路上轻雪般的飞絮让碧川与花海也都相形失色。

九十五

妈妈说，小狗在看不见的地方独个儿玩，独个儿睡，努力地自律着，虽然它既没有见过这个世界的美好，也不曾领教过它的丑恶。

九十六

有时候阳光太明媚，明媚得让人恍惚；有时候又太昏暗，只想让你仰望倾盆大雨落下。

九十七

窗台上的鸟不远万里来此做客，请你们告诉我"自由"真正的意义，并将我的心也带往旷野长空吧！

九十八

坐车经过这座城市的雨天，有故事的人嘴角会泛起一泓微笑。

九十九

历经彻夜的疲照，路灯被黎明的熹色给拂闭了眼睛。面对终将盈溢天地的光明，它从未有过任何不平。

一百

今天，主人抓走了两只鹅中的一只，宰了，剩下的那只在围牢内不住叫唤，绝望地挽留。

这毕竟是一出令人想到便肝肠寸断的悲剧——失去相依为命的唯一伴侣……

一百〇一

我似乎一直是站在公众对面的大反派，然而至少会有一个人明白：这颗心多么光明！

一百〇二

酒醒以后，风雨满楼。阴晦的天底下，山麓的苍茫远影，平湖的青碧浪潮，全都一堆儿化作了长卷中的浓墨重彩。

然而只要小舟内的那盏油灯摇撼不灭，我便心安了。

一百〇三

我在幼年选定了这样一本书：它在卷首记载了我如何走过青涩的孩提时代，也终将记载我如何背负着累累硕果，走在黄昏时分的大路上。

一百〇四

清晨薄雾下的原野中，一棵树孤傲地立着，树冠如同一只举起的拳头。

当牧童骑着牯牛经过，并吹起牧笛之际，拳头便慢慢舒展成了手掌。

一百〇五

炎热的午后，须得觅一荫凉所在，倦懒地斜躺，看枝头的夏光满满流泄。林中鸟时鸣又时歇，连我也不知道自己的心到底飞往何处去了。

一百〇六

空灵的风，闲散的云，绚烂的光，飞鸟掠过的轻痕，构成了夏日天空的景色。

一百〇七

广场中央的喷水池旁，人们将面包屑抛向鸽群。一个盲孩子静静坐在长椅上，有只鸽子飞到他手心来啄麦粒了。

光的温暖，水的清凉，钟声，游客们的嬉笑——他全能感受到，然而此刻他专注于鸽子那小小的尖喙，仿佛正在给自己的手心挠痒痒。

一百〇八

童年的那一幕中，长长且迢迢的夜路，我是如何走到尽头的呢？

一百〇九

水要漫过田野的时候，我在潇潇雨声下跋涉着去寻你们，恰好你们也越过田野来寻我，我们相会在草色春烟里了。

一百一十

夕阳下的细雨并不是垂直飘坠的，经风一吹，它们便四处扬撒，织成了横的斜的，闪亮蛛网似的雨幕。

一百一十一

篱笆外是怎样的世界呢？你走出去后到底又看见了些什么？昆虫漫天飞舞，花草们如一张无垠的毡席铺在连绵的丘陵上。

一百一十二

我曾跟她在秋镇上牵手：风是凉凉的，手掌也是；天空湿润，她的脸颊也是。

霜叶；井塘；瓦舍；碎光；皱纹——我们就这样一路走着。

这是一个好的故事，发生在某座秋镇，我一直记着它。

一百一十三

当鸟儿被囚于笼中，不能够再飞翔时，它是宁愿结束自己生命的。

然而我却选择了忍辱负重，苟且偷生——我等待的乃是重获自由的那一天呀！

一百一十四

我无数次在想象之中跑到大雨底下，任由自己的灵魂快活地跳起舞来。当天地间的所有雨水都聚集而至，不停地鞭笞着我的身心时，我甚至听不见树木声嘶力竭的啸叫了。

一百一十五

待这阵残暴的风雨过后，有多少纤弱的草叶将不幸凋落，又有多少能洗尽尘埃，瑟瑟地等待乌云散尽、光明重现？

一百一十六

太阳从成堆的云翳间投下和煦的光芒，却并不恼恨云层挡住了自己的辉煌，反而还感谢它们将光芒裁剪成了许多有趣形状。

一百一十七

书本对书签说："恋人，我将你保存在心间，而你也读懂了我内心的秘密。"

书签对书本说："不必害怕再迷失自己，我将渡你的心去爱与信赖的彼岸。"

这本是世上至难至罕的爱情，我却毫无来由地相信着它的存在。

一百一十八

我曾经冥思过生与死的意义，现在却从爱与牺牲中得到了答案。

一百一十九

我望断了秋水，你却迟迟不归。

你忘记自己的承诺了吗？然而我是不会提醒你的。我只是默默地、坚忍地恪守着约定，无论你是否真的薄情寡幸。

一百二十

须臾间，微渺的雨与似有若无的风，随着日色西移轻烟般不见了。我很乐意就这样趴在窗前，看上半日的风景。"锵锵"的打铁声隔着几条街，传至耳边已失却了八九分的吵闹，如同筷箸在敲击碗沿了。茶楼上有人唱小曲，咿咿呀呀，我分不清是戏子还是闲人所唱。

一百二十一

阳光与树叶在少年玉琢般的脸庞上投下驳杂的阴影，渥热的午后空气中有他们汗津津的味道。然而有谁会留意一只猫的眼睛是什么颜色，或者路边某对体型不相称的中年夫妇呢？

一百二十二

清晨才绽放的花卉香气经久耐闻，草木禾稼也同样。五线谱似的电线上鸟雀骈集，忽而一起拍翅扑向湿润天空下的薄雾。鼓噪彻夜的蛙鸣尚余尾音，水田明滑可鉴如同古镜，泥块便是那盎铜色的锈斑。榨蓖麻籽油的香味混在花香当中，在油黑发亮的砖石旁边，水流哗哗地注入了泛黄的蒿草地。

一百二十三

深墨色的河水汩汩作响，我独自坐在桥洞内思索。一旦陷入那静谧的氛围当中，我便可跟自己的心做从容的回答了。

一百二十四

命运能够夺走一切，但对于一样物事它却奈何不得，于是便说："你对我毫无吸引力，因为你是那样的卑贱。"

而理想只报以缄默的微笑。

一百二十五

我好不容易才拾回了从前遗落在生命之舟上的跳雨似的珍珠，可一转瞬却又要失去别的瑰宝了。

一百二十六

在雨底下一直走到拐弯处，回头再望，已跟来时村庄隔开了漠漠的一段距离。刚割下来的饱满豆秸秆被捆扎成小金字塔般的形状，满布虫眼的金黄豆叶在雨中瑟瑟微抖。橘树结着青涩的早实，猩红色的软泥地里依序隔种着高粱、玉米、楠竹。牵缠的藤荆间落满了枯萎的树叶，一株紫红茎枝的植物令我产生了有毒的错觉。灰碧迷蒙的小湖面上，一只通体纯白的鸭禽正御漪划水。天空中掠过无名的野鸟，一条汲饱了水分的蚯蚓伸胀开身体费劲地爬行。

一百二十七

经由昨晚彻夜的暴雨，古朴的窄巷内水位大涨。有个男子在桥头拉拽渔网，引来了众多孩子的围观。河中小鱼如攒，不少路段都被河水漫淹了。我跟外甥女还有小外甥走过一条条陌生的巷弄，见到一艘小漆船泊靠在茶青色的积潭边。原是菜畦的洼地已成了趁水涨而游弋过来的群鱼的乐园，根部遭淹的树木屹立着投下泛光的镜影。在这座近海的城郊，人们似乎已经习惯了一年一度的台风过境。我们一直走到对街，又有一艘小船浮晃在色调更为浊碧的水面上。阳光影影绰绰，某处传来了办水陆道场时才会有的木鱼声。

诗 歌

时光墙下

幸存的烟花

有的烟花，只为一个人绽放；
有的却为除自己外的所有人绽放。
你说，我们如此格格不入，
是命定，还是自寻来的结果？

我在无妄之灾筑就的囚室内
疯狂地制造崩缺的豁口。
可所有努力只换来鼠蚁跳蚤的嘲笑——
快些快些，人间的烟花燃放得正旺！

如若未赶上，抑或硝药受了潮，
不妨就在此间做个基度山伯爵二世。
也许很多年后，人们早已遗忘今晚，
却在同一片夜空仰观这簇众星相拱，
经久不息，令千百支都黯然失色的巨型烟花。

然而在之前那漫长的岁月中，
他曾经怎样苦难到近乎卑贱。
被拘禁在囚室内的孩子一一细数：
所有昂贵的烟花都已无法燃放，
唯独幸存的这支，他将它深拥进胸口。

栖息地

我们能算是居无定所的候鸟吗？
固执地只朝一个目的地迁徙，
在覆满浮冰的湖面歇脚，
又在极寒广漠的霜天孤单地履行契约。

我们也会悲怆莫名，或被苦闷围迫，
如同一名战士深陷于重重戈戟。
是否疲惫之余再无丰盛的惊喜，
我们可以在谁的明眸内寻觅栖息之地？

谁将你我错开

临末的结局只能是错开，
除了交集的那一瞬间，
再无任何牵连
证明两个人曾经适逢其会。

在何处交集已不重要，
留恋轻得比不上一根毫毛。
或许当掠过一瞬间的又一瞬间时，
一个分贝都能使其偏离真相。

然而命运只是塞给我们
一个又一个的路人甲乙丙丁……
可能你尚在入夜前观望，
而我已被拂晓唤醒趱行。

我原以为在茫茫黑夜里，
能够听见彼此的心声
便是莫大的奇迹——
像是无数星屑中的区区两粒。

天空极昼一般璀璨，
流萤与昆虫正在四下忙乱寻觅，
以至于最后我也无法分清：
参与商的永隔是否需要原因。

寻找暖的字体

当整颗心昏昏欲睡，
在长篇累牍的冷漠、攻讦与浅薄中前行，
撑着，模糊地感到需要一些慰藉。
而我所渴求的那些事物
一定也在寻找没有粉饰的栖身之所。

背脊相靠，却只能充当彼此无声的背景，
想要转身拥抱，竟是如此困难。

我在寻找一种暖的字体：
是卫八处士用来款待杜甫的佳酿与春韭，
在夜雨下慢饮及默奠一段来日两茫茫的友情；
是王昌龄在芙蓉楼送别辛渐时的玉壶冰心；
是饱经忧患的曹操于征途当中的故乡安可忘。

我在铭记一种暖的字体：
是海子走在山海关外对尘世的恋恋不舍，
看不到明天的他用祝福来报偿这个刻薄世界；
是欧·亨利安排老画家画下的那片常春藤叶；
是梵·高在弟弟怀抱中死去时周围的向日葵田。

我在触摸一种暖的字体：
是为某个素昧平生的孩子拆除整座城府，

如同面对最初的自己仅用一颗赤子之心交流；
是听白头偕老的恋人在弥留之际温存细语；
是在伤痕累累后可以抵靠的父亲的坚实胸膛。

有时候，温暖接踵而至，
令我们受宠若惊，但更多时候
我们宛如旱地的迷鱼，无声地求救，
直到关于水的印象逐渐干涸。

在如此漫长而又短暂的旅途中，
无论是师老兵疲，抑或折戟沉沙，
请务必相信——我们定能转身拥抱。

渡口作别

我将在某日与你作别——
作别遗恨，也作别美好。
在那杨花渡口，江声呜咽，复而激荡，
没有笛声，我坐着胡乱想念。

总会有些人不舍相送，待夕阳
坠入清冷的渊底，手中
托捧起冷羹，拿粗布草草裹盛，
趁着还有日温，仔细摹画
一张再也无法相见的脸。
还有些人不说话，平静且悲伤，
一直等到寒雾，远星，真切的渔火
齐聚在某条不断往前流逝的无名江上。

总会有些敏锐心绪，也总会
有些细腻的感官体会，
平常不知道躲在哪里，喜欢
倏忽向你偷袭，像个精灵
如影随形，却永远无法占有。

总会有那么几个名字，让你
不觉间仰起头来去想：
缥缈远逝的，扎根慢长的；

恍惚若白日梦的，生死都不离弃的；
曾经一大片空白的广袤印象；
本不愿做，却毅然决然做了的；
还有你努力想要遗忘掉的什么——
现在你吹熄了灯，等待
去每一幕风景中拜会它们。

也总会有一个我：
困着，饿着，累着；
独自哭泣，皱起眉头，质问内心；
明明愚不可及，却能让上帝也捧腹大笑；
欣喜若狂，茫然无措，自我吹嘘；
忧愁，痛恨，咬紧牙关；
得逞，挫败，幡然醒悟；
心跳加速，头脑发热；
给自己竖起拇指，离场充当观众；
走过志得意满，也走过低谷；
不声不响地蜷缩，又走到外面吁叹，
终于还是一路走到了荒无人烟的这里。

耗去的气力

在这场旷日持久的战役中，
我陆续耗尽了自己的全部气力：
似雨点投入既深且暗的海洋，
连消融的痕迹也未留下一抹。

它们曾经堆积成我的力量，
让我能够比肩传说中的大力士们。
它们是生命树上结满的鲜果，
凭空便可自我治愈，永不枯竭。

当我像具木乃伊般僵卧，
才发现自己是如何思慕它们——
在那场旷日持久的战役中，
无数不知名的战士倒在了胜负揭晓前。

遗失的谁

遗失的谁，不言不语，
只是高深莫测地微笑。
沉重的乱影令我头痛欲裂，
也许我将在下一秒再度遗失你。

和我说说话吧，如同过往：
你在明处，我在暗底。
我们两个，如影随形，
直到进入疲惫后的逍遥梦境。

在梦里我终于可以拥抱你，
就像在梦外，我将可以忘怀
——忘怀牺牲，忘怀伤害，
忘怀我们之间有什么追不回来。

和我说说话吧，如同现在：
你在梦里，我在梦外。
我孑然一身，形影相吊，
正步入由死神做东的煊赫盛宴。

烟花已经四燃，和我说说话吧！
我们不能够再拥抱，所以
别失去微笑，我们
只是说一说话，便永不相扰。

没有思想的夜

今夜，我短暂地失去了思想，
只剩二十四孔桥上的明月
还在默赏由折柳吹奏出来的音沫。
我成了一泓清辉底下的虫蛹，
心中不再有冷暖，也模糊了美丑，
暴露在日渐郁结的秋霜间。

记忆决堤

在火焰渐微渐熄的下雨天，
我的记忆开始因为泛滥而决堤：
隆冬的清晨，仲夏的夜祭，
究竟是谁陪我走过那孤寂的时光？
处子的发香，入暮的汗味，
为什么现在越来越远离开鼻翼了？
一个人的勇气，被打开的魔盒——
仅剩太阳仍在岁月的镜面上擦掠滑行。
骄傲一早便被无情的洪水漫过，
虽未连根拔起，但还能蔚为壮观吗？

少年的情窦

心头有整瓶的果酱被打翻在地，
嘴里却像含了铜钱般惜字如金。
我向来认为：在收集成帙的爱情篇章中，
我们的故事能当之无愧地占据卷首。

我们曾坐在盛夏繁密的绿荫底，
捕捉彼此眼睛里简单至极的光芒，
纵然整个世界行色匆匆，
须臾的灵犀也足以成为今生全部的眷恋。

飘泼的夏日骤雨模糊了你的身影，
相对莞尔之后便是潦草粗暴的分离。
我再也无法破译你的悲喜密码，
我明白：其实自己一直弱得可怜。

如今我依然在追求我的追求，
更感激在短促的时光中曾经拥有。
结局并不悲伤，我相信
你我一定都会有个再好不过的归宿。

没有雪的冬天

一段被掩埋进风尘的往事，
恰似画了龙却忘记点睛。
地平线上树廓嵌入天光，
青春正被北风拖拽着狂奔——
对少年而言，刑罚也无异于殊荣。
眼下视野开阔洁净，
电线杆孤直地立在金色的霜野。

一个没有雪的冬天——
既不稀奇，也没什么标新立异，
只是我的单车后座尚缺一串笑声，
而天空则赊欠了整座城市一场曼舞。
遗憾将某些情怀刺痛，
在炽烈的明亮中有什么遽然崩断，
像一根沉默了半辈子的心弦。

斗　车

这城市黄昏的天空宛如灼烧的草穹，
高楼与旋将沦陷的宫殿并无二致。
两个孩子额头相抵，坐在脚踏车上玩牌，
仿佛免除了俗世的一切惊扰。

他们的爷爷头发花白，吃力蹬踏，
神情疲惫却不肯愁眉深锁
——他若是流露出丝毫的悲苦，
这个童话般的世界又能由谁来守护？

错误方向

明知这条路通往错误的方向，
也明知自己将在途中衰老乃至阵亡，
但已经日暮而途穷，
除了倒行逆施更有何计？

她还在破席上劝加餐饭，
因此我不能步伍子胥后尘一夜白头。
当年的风流气概尔今安在？
只剩我仍在快步赶往错误的方向。

沉睡的爱情

也曾青衫大敞，高卧东床上，
一阵炎昼风过，看樟槐影间
如玉璧光跌碎，投在
启坛后犹有漾声的佳酿之畔：
摇曳，恍惚如一纸鲜墨；
绝迹，顷刻若千年流芳。

当年暗香漫园亭，尚未执手，
暮春底下的罗裳，一步步
渐没于咫尺清光，无颜挽留；
今夜近庐萧条，白头独步，
阕词难圆，只剩血光中逃生的温柔
依旧还在空眺寰野。
试问红酥手，黄縢酒：
权当你我分坐红烛左右？

他在船内醉语呢喃，却无人
忍心惊扰，纵然欲听他狂歌高啸，
正如尺剑过蜀道，乘风抵夜郎。
可疲惫之余能够面对着何人私语，
不念累名，只是寻常伉俪，
千金买壁，万世佳话，
比不过漂泊尘世后的须臾心安。

往昔曾经历过的爱情的三种遗憾：
年少时难以放下的骄傲；
没有为了你而对抗整个世界；
俯仰皆无愧，却独独辜负了你
——若花花人间一场梦，
有朝醒来是幸运，即便长卧不起，
亦不过是将此生许给了一缕香魂。

晨　星

金黄色的月亮硕大饱满地
垂挂在寂蓝的夜空。
依偎着丘陵的村庄尚在酣睡中，
凌晨五点的航班正穿过
由微亮云絮集涌成的海洋。
清辉在带窗格的南墙上
梦寐般凝结成了刹那的永恒。
在霜褥覆盖的荒郊野外，
涓涓细流与汇水百川齐头向东。
有太多的希望在陆续苏醒，
而我在蓦然回首间才忽地发现：
那颗自幼陪伴我的启明星，
依然还是那么毅定，那么明亮……

暖 灯

这世上的光明与黑暗相等，
相知却远比隔膜要少，
所以那暴风雨夜的简陋床铺
与万念俱灰时一句感人至深的话语
才显得如此弥足珍贵。
主动与孤独接战固然是决心的体现，
咬牙忍受摧残亦未尝不是勇气可嘉。
我见过了太多的卑劣与绝望，
然而冻馁之余又何须善感多愁——
风雨飘摇中只有这盏颠扑不灭的暖灯
抗争着黑暗，守望着初衷。
谁将它挂在中庭，照亮我们去路；
谁将众光皆吹熄，独给我们留下这一盏灯。

书　柜

桧木书柜在角落里闲置了多年，
或者它也以为自己是被家人所抛弃？
谁还记得刚乔迁入新居时
它浑身散发着漆木的清香，
与淡淡的书墨香正相得益彰？
它的怀内收藏过名目繁杂的书籍，
内容由稚嫩渐趋精妙。
一个又一个黄昏转瞬即逝，
连它自己也忘了积年以来的岁数，
唯有小主人因找不到欲看之书
而发了小小脾气的场景还历历如昨。
如今旧宅被蛛网与尘埃占领，
偶尔有风雨莅临这处寂寞之地，
草色烟光便从四壁透照进来。
然而它只是深切地怀念
怀念那个温馨小家过往的所有细节：
一句话；一个表情；一阵安心的沉默。
它虽没有心脏，却有心涧涌流，
源头名曰不舍，尽头唤作接受。

今日心底干净

今早醒来，窗外霜甸鲜明，
坐在没有暖炉的室内想念暖炉。
也许我该坐上一趟客车出发，
车上没有认识的人，但不排除一见如故。
曾经无数次在冷言冷语与骤雪中
努力睁眼窥向凶险莫测的将来，
无数次将此身投向注定失败的可厌漩涡，
然而，眼下一切都很宁静，
心底干净得像是飞鸟切入云端的裂痕。
这世上有无数种诱惑，
可哪一样都比不上你归来时的叩门声，
安置着你遍体鳞伤背负晚照的灵魂。

鸦　语

在牛奶稀释般的浓雾后面，
某只鸦类发出了含糊的嗝鸣——
是对逝去时光的挽悼？
还是对未来难以抑制的好奇？
蹑脚走过镂花的铁围栏外，
我听出了鸦语中的感伤，
以及那饱含着倦意的警醒。
一种清新的感觉将我拥入怀抱，
仿佛在最初年月独自远行的前奏。

大雨冲刷走了

大雨冲刷走了连日的尘埃，
荡涤开的层云依附满了湛蓝。
在最深的雨渊扬起骏马的尾鬃，
不过是一篇平淡的别赋。

大雨冲刷走了笼罩往昔的阴霾，
将其薄葬在信以为真的表演之中。
你从未自我的世界带走什么，
更无意于喋喋不休的催促。

天空终将放晴，雨也迟早会得新生，
而痛苦即使被拆封，依然无法持久。

不告而别的感情

坐在荡漾着浓厚暮意的美术教室，
默然思索自己缘何会在这段感情中突然溃败。
白色的石膏像透出青春的残缺美，
可是处女座的我终究不能忍受骄傲碎作齑粉。

那通电话是我们之间最后的浪漫，
你素来沙哑的声音偶尔也会如风铃一般清脆。
分不清是谁先开始了傻笑，于是
感情罐头在未被察觉前悄悄迫近了保质期限。

不告而别的确是最为懦弱的选择，
无颜归咎于造化弄人，更不应苛责彼此草率。
我时常取出我们的小城合影重温，
在阒静午后独自祭奠那一段无疾而终的感情。

你后悔吗

曾几度厌弃了红尘，也数番断绝了退路，
还有哪些痴顽的念头未曾动摇？
你有没有后悔过——哪怕仅在刹那？
残暴的巨轮碾轧过，傲慢的铁蹄践踏过。

暖　夜

我向来不知道，
夜阑会是如此暖和：
万木渐趋复苏，
而虫唱格外卖力。

今夜使人如在浴后，
发肤仿佛新干，
忆起某个天涯人，
心内充满莫名怅惘。

这个暖夜适合怀念，
怀念你的一个眼神。

拼命笑

当眼泪不争气地滑落时，要拼命笑；
当满目荒芜下开不出一朵小花来亦然；
哪怕被全世界抛弃了也得拼命笑。
再深的创痛也会在时光飞逝里平复，
只是别忘了不遗余力地笑——拼命笑！

炎　树

今早看起来又将是个难耐的酷暑天，
远郊的开阔地带能望见一株炎树——
树冠如钢矛一般直指云天，
又在闷热的空气下微微扭曲，
活像梵·高作品中那副享誉的《丝柏》。
思绪之鸦缥缈而不成形，
衔着青春的残壳在火枝间引吭，
却挤不出一滴眼泪来浇熄这绿色的怒涛。

现　状

一日一日地虚度着光阴，
活像蒜瓣被逐层剥离开心脏。
期冀的幽径被命运的乱刀斩断，
而我唯一能够确认的
是你那张饱经风霜后仍温暖如初的笑脸。

为　了

为了能看一眼明天的景色，
我将伤害当作奄奄一息时的馊饭来吞咽；
为了知道自己将来会有多么优秀，
我们忍受一切横加的指责、羞辱以及轻蔑。

渊薮

我们的渊薮，近乎一场奇迹：
雨夜，风晴，开满灯花的楼层。

我们的渊薮，暴露舞台正中：
摩肩，擦踵，吝啬笔墨的雷同。

我们的渊薮，思念浩繁如海：
驻足，四望，铁石心肠的命途。

桥上凭眺

在雨季里他曾暴躁而浑浊，
如今却似一襟衣带缓飘。
不知为哪个伊人消得渐憔悴了，
又请来两岸蓊郁的草木为她画眉。
蓼蓝色的瑰玮刺痛了双目，
冬日下一艘小船正飘零无依。

雨街话别

在雨漫雾涨的街头，
我们坦然话别。
灯光穿透到眼前，
已是万千强弩之末。
路人们在雨幕下走动，
车铃声里有啤酒味。
半空云寒树栗，
黄昏被封锁了整个世纪。
你答应过我会照顾好自己，
不再惩罚或折磨身体，
也不再独自哭泣——
这次分别以后，
能否再见成了悬案，
但是你落在雨街的笑容，
确是余生送给我的最好礼物。

暮　卧

一名饱经罹乱的老兵
躺在客栈冷硬如铁的脏榻上。
暮色如悲笳声一般降临，
野陌当中再无人迹杂息。

一切似乎无法阻挡：
手脚僵麻；无家可归；
老去；孤独；
还总是不由自主地回顾往昔。

他年轻时曾是名斥候，
独来独往，却与天马行空无缘。
有时策马星月下的辽阔川原，
有时又悄然潜近连火数里的敌营。

可如今回想起来
才突然发现：所有牵绊过的感情
一律断绝——先行离去的他们
无从怀念，更无从祝福。

他强自翻身起坐，欲用
这具垂死的皮囊吟上一句辞世语，
然而抛却那段金戈铁马的岁月，
在克制的儿女情长间，仅存些少温柔。

远 光

有一星微光出现在远方，
既不跳跃，也不动摇。
如恶水行舟时眺见的海岬灯塔，
在壮阔无常的暴风雨中若隐若现。
我们不断被抛向险峻的浪巅，
于刺破苍穹的电光中恣意呼喊，
明知再无他人能够听见。

一心朝着近乎凝固的光亮进发：
要坚信我们终将抵岸，
重新在陆地的绿荫下徜徉。
直到我们疲倦入睡，
那一星半点的远光还微微渺渺亮着，
仿佛从来未曾熄灭过。
风浪已经止息，却不知何时会再兴作。

野　火

野火的光芒孤独而温暖，
在白昼里它没有什么可爱慕，
到了深夜却努力地追求起星空。
它清楚自己照亮不了苍生的疾苦，
只能为无数飞蛾提供一刹那的错觉。
野火色泽纯净地舐向死亡，
诗人们在残章内为它留有一席之地。

影 子

如果我只能做你的影子，
看着你孤军奋战却无能为力，
那么我愿意就这样静默地陪伴你，
直到属于你的光明到来无疑。

葬梦之城

你说这座城市的每个人都有难处，
我却说他们都有可爱之处。
在这座没有堂前燕与藤萝月的城市，
却有永恒的欲望，刹那的恻隐。
黄金若是没有被埋没的过去，
在吹尽狂沙后亦无法做到宠辱不惊。
这座城市埋葬了多少梦想呢？
但是仍有人痛并笑着，无怨无悔。
仿佛他们刚才还在温暖如春的室内坐着，
再出来时便已泥泞坎坷，雨雪交加。

大乘山浮掠

忠厚笨讷的狗们从来也不笑；
老人的乡音只能说予烂熟之交听；
表哥微驼的背影在日照下宛若山岳；
虬枝刺穿天壁不过是为了衬托它的无瑕。

微微爱

要像太阳雨亲吻着云翳般微微去爱，
犹如夏蝉栖宿在无垠的绿海。

要像三更月守护着船灯般微微去爱，
宛若霜白假寐于古老的青砖。

我们曾经都不懂得如何微微去爱，
反倒索取，超额付出，恨不得拥有全部。

其实爱就藏在你的举手投足与一颦一笑间，
没有山盟海誓，更没什么地老天荒。

聚散篝火

修车铺外燃起了一堆篝火，
彤红，剧烫。
半夜也不得安歇的司机们
围坐着烘烤开裂的手。
摇曳的火光映亮了每一张面庞，
鲜活的疲倦浮现无遗。
夜风几乎卷走了所有琐碎的声音，
只剩火焰在阒静下噼啪作响。
一些汉子慢慢陷入浅睡，
一些却仍在思念家小。

凡是光与热，都会被取代，
恰如这一堆夜半的篝火：
再亲密的陌生，到头来也还是陌生。
仅在黎明到来之前，
不用顾忌世人轻蔑冷酷的嘴脸。
眼下既无烈日，也无风雨，
却愈懒得连梦境都没有色彩。
唯有这堆不知由谁点起的篝火，
曾经其势熊熊地在他们心头烧过。

夏　眺

在天台将视线随意放飞：
云朵低低地悬垂，
宛如蓬松棉花晾晒在洁净天空；
座座森屿朝着天边推涌，
像是一道不灭的闪电
定格在益挫益勇的灵魂深处。
近处昆羽翩翻，
半首没有韵格的诗章援思立就：
一切关于美好的空白；
一切关于空白的美好。

失眠夜听钟

躺在能听见夜半钟走的客榻，
好似登上罂粟花盛开的晕眩丘陵。
因为羞惭而藏匿起来的欲望
此刻倾巢而出来折磨神经。
短暂地失去了作战意愿，
不管窗后是否真的藏有庞然大物。
一泓沟洫暴露在焦虑之阳的曝晒下，
汲水的盲禽搅扩开圈圈圆漪。

晴天娃娃

为何我们的每次见面都适逢下雨天？
你挂在雨水牵连滴落的忧郁林间，
怜悯着逆来顺受的灰色窨井盖，
以及群雨自万米高空跌在钢铁上的疼痛。
可是那不羁的疾风与愤怒的下水道
统统被收进了你用蜡笔描摹的表情包，
从此不再横冲直撞，宣泄无地。

我得向他鸣炮致敬

这个男人历经苦战无数，
方才得授今日这等吝啬的勋章。
那每一场苦战的始末，
都是如此残酷且无常。

人们认为他不配这份荣誉，
我却得向他鸣炮致敬：
当我们还在将微不足道的成就炫耀，
他就早已尝遍了世上的悲欢穷泰。

窗　景

秋末，小镇上的一长排窗户
映照出了此地曾盛极一时的熙攘，
也映照出了某个曾作为过客的孩子
所留下的尽情欢笑与明眸善睐。
靠近窗台的霜枝结着冷青色的伤疤，
一盏孤灯拥暖了晚蝉餐风饮露的旧梦。
我踱过窗下，已是腿废翅残，
怀奠起那段简单至极的往昔，为之轻叹。

伤 雁

灯芯草一圈又一圈
密密箍缠住沼泽地的心脏。
二月的天空质地柔滑，
胜过任何绫罗绸缎。
仰望着早春湛湛的日光，
却被草墙隔开了你掌心的温度。
伙伴们拍翅的繁声
化作难以计数的壮阔轰响，
如雷鸣翻滚，又似瀑布倾泻。
没有道别，更没有约定，
我在萧条的风景中耐心养伤：
既与路过的野鸭闲叙旅札，
也在星光熠熠的夜晚下
思慕充满力度的起飞以及竞逐。

此　心

像是暴雨底下巨大的挡风玻璃，
益渐模糊了，却还岿然不乱。
在鲜血淋漓之际能够放肆地大笑，
尘埃落定后却凸显出无比的寞拓。

不成故事

有许多苦难，不过让人平添厌烦，
淌过足以成河的眼泪，照样破碎难书。
感触；角色；情节——
似乎皆已备妥，却架构不成故事。

可最后到底是什么成了故事：
聚散的无常？时光的变迁？还是你的笑窝？
结尾重复着开端的誓言，
如同循环的死结，欺骗了我们的无邪。

情歌（早晨）

睁开眼睛第一件事，
就是想你，每天每天，
想起我们的初章，一页一页，
写满了晴，也写满了雨。

我愿作微明的天色，
而你是遍野散发露香的草木，
俯拾之下皆是你的影子。
我愿为溯河的洄流，
而你是清晨侵染霜华的蒹葭，
用温柔的眼波缠挽彼此。

愿陪你穷极南北两端，
或安静地并卧在赤道的沙地里，
如一对贫鸟，守护某段不朽的爱情。

我们的旅程才刚刚开始，
窗外，亦是我心中的风景，
是随时随地驱逐阴霾的季风，
是流徙的小巢，是献给爱神的丰盛祭品。

情歌（傍晚）

合欢木下花叶的碎影缭乱，
暑热未褪的天边犹抹一缕娇羞。
晚风吹扬起繁雪，
那是我曾经盈盈可握的飞瀑。

许多年过去了，
只要待在你的身边，
我仍旧会感到目眩神迷。
许多日子就这样不觉溜过指间，
没有钟表替它计鸣，
却有无数面颊为其消瘦。

坐在阳光远遁的昏暗花园，
我们用半日来充抵毕生。
你手背的皱纹只有我能读懂，
而我还是如此喜欢你微笑的样子，
宛如一个涉世未深的拙朴少年。

将最后一页日历也撕去吧，
我们已达成一切跟爱相关的冒险。
现在让我陪着你，
等白昼过去，等回忆慢慢冻结。
一对蝴蝶停在喷泉池畔，
脉脉吐露着初遇之际的心声。

直　到

直到哲理全由天籁唱出；
直到世界的尽头也拓延开新路；
直到所有冷漠都坠降成七月流火；
直到温暖定格为古老传说；
直到时光将谎言的气球戳破；
直到青春被一场北风收进行囊；
直到你的河流干涸，或者流入大海；
直到铅云在高空饿瘦冻薄；
直到爱情像植物般遍历芳馥；
直到万物在我们的拥抱之外化为乌有。

萤火虫的勇气

——文言版

暗湖畔，腐草间，
三两为伍，幽火填心。
世人为其咋舌，
焉知相随快活。
绕影彻夜，逐凉毕生，
殊觉一梦醒迟。

若弃之于风中，
闭路合辙，又零落辗转，
与不夜城、万家灯争辉，
岂得旧园自在？
犹记稚年湖夕，携侣曾游，
终掩翅长憩，不复起舞。

萤火虫的勇气
——白话版

我们放飞了一对萤火虫，
薄暮底下，它们的光芒黯淡。
然而一直待到视野开始模糊，
风声渐紧，这对小家伙
还在努力扑跌，仿佛背负着
什么使命，令它们无法自我毁弃。

我并不了解这份勇气，
也许在那纤弱的身躯内，
早已抱定了生死扶助的不言之誓。
我为自己感到惭愧，因为
我从未不问结局地前行——哪怕
光线消亡殆尽，寒流冻僵了小小翅鞘。

散　步

今日天气宛若楚天般寥廓碧垠，
大棚内的蔬果活像印象派油画，
风之骨节发出橐橐的断裂声响，
我想我的面庞一定明媚而沧桑。

面对这个纷扰尘世

我们都遗忘了一些重要事情，
但已没有必要再去提起。
劫难被研磨成苦口的良药，
却并非每个人都肯吞咽。
气温反复地拉锯，路灯覆盖了积尘，
望着笼屉内炊气蒸腾的包子，
忆起蓬头垢面的往昔：
在哽咽退缩与负痛前行间犹疑不定。
面对这个纷扰尘世，
爱与被爱，恨与被恨，
生生消消，司空见惯，
而我想成为传奇，
陷居泥淖，却是温暖人心的火焰。

生命划过夜空

今晚的夜空格外精彩，
流星如约定好了似的纷至沓来。
其中的一颗恰同小小粉笔头，
擦亮了银汉后便不知所踪。
牵星板与节气表描不出
长夜短曙下那初旷的微凉。
我从来不知道死亡会是这般美好，
纵然失去了人世最后一名伴侣。
无论殒坠在海底或沙漠，
一颗紧接着一颗，奇迹怒放。
我渴盼用它们的方式来结束旅程，
不去计较璀璨还是平凡。
今晚的夜空无比静谧，
为何我的心灵却在不断受着撞撼？

心　动

那一夜，白雪与绿针绒在灯海
揉乱，将现实推远，将梦境拉近。
你的面容恍如世外的奇书，
不着痕迹地拂落我的疲惫。
那一双少年的手传递来你的体温，
而那样绽放在寒夜的春意再难寻回。

烟火的颜色

你如今还好么？
我们最后一次见面是在
十年前的烟花盛会上吧？
你曾说，我们都是凡夫俗子，
只能仰望着烟花怒放，
就算仰酸了脖颈，
也无法指挥它们写出一个"爱"字来。
在回城的客车上突遇暴雨，
我看见无数烟火的遗体，
污流中安静壅塞，难以描摹。
车外的伞河堪比一团团锦绣，
我明白，所有的疏远都曾拥抱过，
唯有烟花不堪荷负这重。

在暗夜里奔跑的男子

在暗夜下不停奔跑与跳跃的男子，
无名，黑发如沥青一般披散，
脚步虽然凌乱，心志却无比坚定。
道路经纬纵横，画面逐帧播放——
他完全不知悉终点之所在，
也无法随意接近每个被抛离的过客。
他开始想念火光，还有飓风，
仿佛自己由此诞生，并借此消亡。
而现在满天星斗，分外宁静，
流星坠落远方，海岸线模糊地延伸。
没有信号引路，于是只好奔跑，
无论风景良莠，他只能奔跑——
似乎一旦停下，所有累积都会崩坍。
他将再也看不见黑暗中的薄光，
一如孤狼缺失了残暴。欲将
所见裁剪，却只听见凄切的咆哮。
穷竭毕生追逐风声，不敢奢望一个归宿。

下 午

这个寻常的下午没有一丝云彩，
天空浩瀚如同冰封的巨海，
唯有十一月的风声隐约与龙吟同翥。
也许我的肉体连同灵魂皆将消亡，
裹挟着琐碎却势不可挡的希望。
英雄的鲜血总是难以漫过平庸者的偏见，
我不愿因郁怀恶毒或自诩正义的伤害辞世，
却甘愿在你用柔石打造的棺椁内腐朽，
在那之后还会有新故事重新被书写。
忘记我吧，就像忘记童年的一枕黄粱，
就像忘记无尽的俗世之旅中一次小小的相逢。

秋初将至

太阳脱下暴烈的墨绿色盔甲，
举起利剑将一整年分斩为二。
我不愿说夏末将逝，朋友，
我不愿说——浮云如何挽留得住！
稻熟能够酿酒，南徙可以忘忧，
可是路边荻丛中的随意草，
明年再来时还会是今日的这株吗？

重归平静生活

坐在困顿尘事蜂拥而至的窗边，
手里捧着一杯热可可，
欲在冷却之前喝个杯底朝天，
只是飞花阵阵也难以稍减我的思念。
过往那些落魄四方的岁月，
未曾磨平棱角，反令自己偏执许多。
一双企图与命运对抗到底的眼睛
偶尔也会流露温柔，像声叹息
落在刀剑的陈锈间，仿佛不值一提。
我逃不脱回归周而复始的平静，
与其勉为其难地打发这泛滥的光阴，
不如真正爱上杯底朝天后的生活。

瞭望塔

辽远的天空上布满云辙，
石壁浅浅的凹痕很快被温烫填平。
我们手脚齐用地攀上瞭望塔，
俨如两个并肩作战的新兵蛋子。

瞭望塔的一面冈峦披挞，
另一面是能烫伤脚板的金黄沙丘。
我们的手脚渐渐恢复了气力，
得以不用贴伏的姿势便默坐塔顶。

勇气充盈着我们的身心，
像两个蔑视死亡的小卒眺向无人荒丘。
在卑劣苟活与英毅死去之间，
我们一定都心照不宣地选择了后者。

天地双河对淌

夜空中的云絮会灿灿生辉——
这是我打小便发现了的秘密。
可是星河竟能璀璨如斯，
却是太久未曾见过的景象。

银河下蜿蜒流着另一条大河，
恰似繁星对着磨镜自怜。
群曜皆摇落投生在了今晚的人世，
一颗颗荡漾在夏水的襁褓内。

雨前床上金

在夏日渴睡的簟席上，
金箔；金块；金砂——
不知何物是何物的金色光芒铺挨开。
风雨似乎异常遥远，
却又感觉随时可能仆至，
在那之前它得横越万里长空。
然而现在远岚艳碧，
白墙上开满了绚暖的小花，
窗帷飞扬，阳光若柳丝垂撩。
一本图书无人阅读，风将它翻页。

触摸星辰

一轴清新的微曦画卷缓缓展开：
雄鸡一唱，白了多少失意谪客的青丝？
烛泪尚温，宵露未涸，
是谁在杨柳岸，晓风残月下宿醉方醒？

我越过桂树的香影走下凉阶，
记起昨晚曾经可笑地想要触摸周天星辰
——月亮在这端，已经式微；
初日在那端，将一个仲夏夜的荒诞美梦敲碎。

也许偶然会想起

也许偶然会记起
你嘴角弯曲的弧度，
似笑非笑，
带着天生的倨傲。

在午后的巴士上，
你托着腮帮欣赏风景，
一幕又一幕，
如青丝转成繁霜。

也许偶然会想起
那些隐秘的讯息：
一种朴素的诉求袭上心头，
最后鱼在砧板上却忘了江湖。

秋日组曲

一、山风

是箭矢贯穿苍穹的声音——
拈一支用闲愁作翎尾的长箭，
拿沧桑为弦的硬弓奋力射出
——是箭矢贯穿黄金的痕洞！

二、老街

食盐与砂糖的特征如此迥异，
为何混淆在一块你却辨认不出——
是你太粗心，抑或太健忘？
竟没认出童年朝夕相伴的故友？

三、羊倌

放牧的莫非是天上朵朵云畜：
左手扬鞭驱走岁月如梭的苦闷，
右手揽近一碗风霜酿的米酒。
野鹤高枕闲云，谁能比谁自由？

四、夕阳

这韵味笔墨无法描绘尽致，
只能求取一根白发称量：
白发曾做满山松涛竹澜影摇，
亦曾做半岗皑皑完雪寂寞。

五、夜江

那一夜极静，鱼虾的酣息也近；
然而天空很远，未来更是遥不可及。
他的心底除了方向不可更移，
还藏有那一夜鱼虾的微弱酣息。

六、村晨

将面纱轻轻揭去，亲吻；
她欲拒还迎，瞳内犹带泪星。
容颜在阴晴不定间慢慢老去；
将面纱重新覆上，道别。

陌生城市的一天

车轮拼命追赶着移影的脚步，
夏日草籽越过楼顶俯瞰熙攘。
每一棵树每一栋楼都是日晷，
笑看时间壮烈或窝囊地阵亡。
阳光在与世无争的同时惋惜：
惋惜明媚的日子里没你陪伴；
惋惜没你的日子里只剩奔忙。
陌生城市的这一天即将闭眼，
我将最后的希望存放进箱奁。

剪　影

云是天空的剪影，
鸟是风的剪影，
鱼是汪洋的剪影，
树是夜的剪影，
而我，是一束微光的剪影。

夜行列车

列车行驶在雨夜下的城市边缘，
所有乘客同途却将殊归。
虽然只是素昧平生的陌生人，
相逢一笑总比板着面孔强。
吸烟区的男人们忧愁地望向窗外；
孩子们跑动，入睡，等待抵家；
少女的耳塞内流淌着什么歌？
月台上的流动商贩深陷入渴睡漩涡。
一位大哥哥告诉我苦难终将过去，
不管真假我都十分感激他。
颠簸的车厢，逸散的车灯，还有
身旁打盹的母亲都让我想起：
那年早冬，也是在一趟远行列车上，
自己跃跃欲试地奔赴异省他乡，
初尝了许多难以名状的新奇滋味。

最后的采摘

田野上的蛇鼠早已隐遁，
浆果似的夕云间点缀着玛瑙星辰，
寂空与寒潭搅在一起难辨彼此——
也许今晚将是我们最后一次相会在这年代。
只是明春所有繁绿还会再回来，
那时你将背负期望继续耕耘一方心血。
这是某个有风的秋末黄昏，
果农们心存感激将甘蔗收割，提子采摘。
风有一颗童心，片刻也静不下来；
孩子有风的长梦，渴盼云外茫茫的彼端。

盛夏的怀抱

故事里的前途并不明朗，
但他毫无忧虞之心：
早在学校时他便常怀志向，
要将自己投掷向无比广袤的战场。

也曾将情怀放牧于夏暮天空，
阳台上的初恋尾韵悠长。
青春总是仓促而荒唐，
像骑着单车去往一无所知的远方。

郊衢外杂树遍布，
绿叶如同满枝的膏腴在闪光。
你们现在都徙居何处了？
是否已冲破隔绝的孤城找到归宿？

在陌生城市发现了第一个怀抱，
临别时未说出的话忽然汹涌泛滥。
我扑向盛夏严酷的试炼场，
并替每段暧昧都立了一座无字碑。

失落公园

这场雨算不上大，
城市的围狩场也算不得小。
铁索勾连的秋千微微打着摆，
揭露风是恶作剧的惯犯。
铁丝网只能拦住循规蹈矩之人，
一面旧招牌像是在对谁意会：
你将会获得尘世的所有幸福——迟早！
世界在绿苔编织的地砖上向外辐伸，
可任我费尽了唇舌，也无法
慰藉整个公园突如其来的失落。

看戏归途

锣鼓笙箫的余音尚在耳畔萦绕，
聚拢的看客却已似雨雪飘散。
走在始终沉默的一泓明月下，
困意渐渐如同温柔的波涛裹挟。
树甬投下星星点点碎斑，
月华从远山开始镶镀白银箔片。
空气变得越发清新脱尘了，
犬吠声试图将我自想象中拽离。
跟随着母亲不住回头的背影，
于恍惚间联想到了月宫的清寒，
以及每个在夜路轻快步行的孩子。

危陋教室

洪汛季节不可拦阻地到来了，
阴沉的天色活像大人生气的嘴脸。
老教室整日里窗棂晃抖，
破瓦间漏下湿凉黛绿的雨水。

我忽然不愿再去抱怨灯光昏暗，
也不嫌四壁寒酸，冷风会灌进脖颈
——因为同学们紧密地团结在一起，
像是暖春探进破窗来的挨挤嫩枝。

守着沉睡的你

屋外时而通宵达旦地狂欢，
时而是与大观园晚景比拟的萧条，
而我只想拒绝心猿意马，再无旁骛。
你酣眠的样子跟平日略有不同，
恬静，带着几分不安定。
看你眼睫低垂的面庞，我想起了
雨夜下宁谧的桥洞，氤氲里
躲藏了几粒曾单身旅行的种子。
你梦话几无，总是贪恋缱绻，
仿佛上辈子经常劳碌，一碗白米饭
雕出了我们风烛残年还相守的坚持。
手心沁汗，内心随即湿润，
一切都像是打破了宿命安排的某场意外。

黄昏，穿过新镇

在童年暑夏的一个渥热黄昏，
我在陌生的新镇跟着同伴们乱跑：
除开一张张嬉笑怒骂皆成文章的面孔，
还有一间贮放西瓜的仓库吸引了我的注意：
瓜皮上的绿纹浸足了苍茫暮意，
一株哑树在窗外弯腰窥探斑驳的四壁。
那时我还年幼，崇拜无畏的英雄，
却不知自己仅是最底层的一个西瓜，
光是对抗命运，就已耗尽了全部的勇气。

我乘车经过你的故里

末班车内汗味弥漫，拥挤不堪；
窗外则暮光四合，宛若神明莅临。
我漫不经心地数起蝙蝠，恹恹欲睡，
可那些站客却得多努力才能立稳！
所以我能理解他们为何不肯悠闲地赏景。
不知不觉，客车驶过了一座古老山村
——这是你的故里，生你养你。

经年以前，你我也曾结伴共赴此地，
看你聊尽地主之谊：引路；端茶；铺床。
当日并没有今时这般绚烂伤楚的暮光，
却有新雨带微岚，草色映虹桥。
我揪着你脸颊，不懂得如何守护一段感情。
这个黄昏我又经过你故里，但不知
你是忍耐还是幸福？世故还是依旧天真？

头抵车窗缓缓闭眼，心中暖流涌动，
拥挤仿佛被隔绝在了千百里外。
我们的过去有幸被存放进了时光匣，
于是不会再受取笑，焚烧，还弃如蔽屣。

最后一群候鸟

寒流淌过下午五点前后的校园门口，
车灯好似鲛鳏鱼一般擦掠。
几乎所有店铺都是宾客盈门，
凋碧的梧桐底下走过结伴同行的密友。

他抬头望了一眼四降的夜帷，
最后一群候鸟恪守着纪律飞过，发出巨响。
他想起它们将去的遥远南方，那里山水景明——
眼里便燃起温暖希望，如其中一颗跳动的心脏。

闹市雾桥

明黄色的苇叶列阵水间，
微漪的河面正与寒雨接吻。
雾中隐现出一座赝品石拱桥，
精致得有些虚假，却亦是风景——
内心有无数细浪将其舔舐与冲刷，
竟让我觉得一切视听皆是多余。

磁　带

在无数个辗转难眠的深夜里，
播放这盒旧得发白的磁带，
想起一些无法遣怀的俗事，
任大自然的天籁吹走所有烦愁
——我听见了：
清越的马蹄踏过草木深且密的原野；
鸟群振翅起飞，惊动整湖的生灵；
潇潇风雨下在最寂谧时，若客舟忆生平；
百虫竞鸣外定有一轮秋月当空。

仅仅是作为前奏，便令我
沉浸在美好的想象难以自拔。
每当整理那些尘封的旧物，
总希望这盒磁带再度跃入眼帘，
好重温慰藉了苦难岁月的熟悉天籁。

雨池观蛙

晨起登山途中，突遇山雨，
遂携外甥女步入亭榭内暂避，
邻接荷池，亦可共眺竹林摇曳舞姿。
初始唯见一背纹金线大蛙，
尔后众蛙相继潜浮于青黄萍荇间，
俯仰各异，型色殊差。
其虽快意，然吸蹼于池沿，
欲脱舒适安逸而求自由。
与外甥女多指画，不觉雨势渐微，
乃离亭榭，复回森森然苔径。

烟草与春卷

夜间，在泔水房附近遇见
一个浑身散发出烟草与春卷气味的男人。
他这辈子是否有过力挽狂澜的光景？
我只看见其微醺的脸上写满了潦倒的沧桑。
他曾用这副壮实肩膀扛起多少责任？
然而眼下他打着饱嗝，很是忘情潇洒，
如一双翅膀扑棱棱飞出日檐下的小雕窗。

远大理想

已忘了是什么年代，
书中的插图尚没有色彩。
他坐在拥挤的马车内，
看陌生的灯火辉映年轻的面庞。
卫兵们对他不怎么客气，
然而同乘的旅伴却十分友善。
夜幕下的野天鹅让他想起了故乡，
不过在抵达最终的目的地前，
马车不会停止颠簸。
他将去往海洋与沙漠的国度，
更大的世界并不单单是在等谁，
可他却认为世界为了自己才广袤无边。
咫尺的火焰，永恒的激情，
非凡的欲望需要用更多欢畅的时光去填。
一粒尘埃曾梦想周游世界，
于是余生便成了意料之外的意外。

我曾不计一切地爱过

爱本身就是种快乐，哪怕
与飞蛾扑火无异，也是种快乐。
可为了这段感情，我忍受
拔角去刺的酷刑，犯下卑微的大忌
——当我不再是我自己，
却微笑着对血淋淋的内心熟视无睹。
你不会明白我为何选择赤诚相对，
在你眼里，我大概仅仅是被取笑的对象。
如今我已不再爱得深沉滚烫，
只是躲在薄壳下无泪可流，
等待着某日阳春解落，与之俱暖。
我曾将全沧海的爱都给了一粟，
现在却不得不将爱的碎片拾拢重铸，
然而或许将再也回不到完好如初的时候。

已经很久

已经很久没有因为一点光芒就舍命奔跑；
也很久没有因为萍水相逢而开怀大笑
——我在檐下听着落雨嘈嘈切切，
仿佛回到了当初月下独坐白桥的时光：
已经很久不曾与萤火虫相顾起舞，
也很久不曾听着车声想象它的起点与终途。
地平线外的城市霓光让夜晚变得流俗，
而我既够不着月亮，更抵达不了远方，
除了将黑暗搅得越发混沌，我一无用处。
沉重的步伐始终无法惊乱虫鸣，
虫鸣却惊艳了这个秋夜，还温柔了漫长岁月。

秋夜疲梦

那天夜里我做了一个梦，
梦见当初的教室灯火通明，
同学们还是在做他们喜欢做的事。
你的模样仿佛一直没变
——彼时你我尚未互诉衷肠，
而我捧着手心的那轮太阳，
任由温暖慢慢磨耗殆尽。
也许我们本该在一开始便颠倒喜恶，
也许我以为的太阳只是偶落镜中，
那天夜里我做了一个梦，
一个还未步入正题便草草结束了的梦。

临　睡

今夜万籁俱寂，你正百无聊赖，
坐在昏黄的灯光底，
沉默着，看细雨将回忆抹上晕彩。
将有多少人无家可归呀，
又将有多少人不能成寐？

异国他乡的音乐舒缓流淌，
让你的想象插上翅膀吧，
飞啊，飞啊，恍若俯瞰尘世。
然而它迟早要着陆，
着陆之处有酣眠的熹色。

临睡前，让我最后看一眼
你难耐的饥饿，以及无声的呐喊。

寂　寞

他们有烟，有待述的故事；
有守望的良人，为他们温粥；
而我只是一趟空荡荡旅途中的乘客，
周围千里万里，不见云影飘过。

我尚未与寂寞决出胜负，
但我终于明白：它能够致命。
在被血渍染红的故巢边，
我茫然四顾，想结束没有对手的战斗。

为什么一睁开眼睛就痛得无法呼吸？
如沉船深陷在湖底，空守着财宝。
寂寞究竟该如何形容？
是缺了眼前人？缺了心中的那滴
眼泪？还是缺了耳旁不厌其烦的啰唆？
雨有风伴，月有星随，
而我仅能歌唱，歌唱一曲后会无期。

遗失的心

今夜我独自冒雨前行，
那雨中的万家灯火浩瀚如同星辰。
在难以计数的荒诞戏剧落幕后，
我的心慢慢碎作了千百片——
今日忘记快乐，明日又背离了生活。
仿佛自己是绿野仙踪中的铁皮人，
眼泪使我生锈，不幸令我抗争。
只是我依然还记得一颗初心的形状：
那是爱的标榜，是孩子窥探世界的窗口。
在星辰陨坠的人间，夜雨渐渐停息，
空气里有不可言说的神秘香气。
我忆起你曾坐在天台的边缘极目：
听一颗美好的心摔成珠玉，再也无法还原。

朝　雾

再见时已是雨后黄昏，
风将枝头的最后几瓣桃花吹落。
我明白自己该聊聊那个春晨的朝雾，
就像眼泪未曾知味，屠刀也还未磨快。
我们当初为何不敢直视对方呢？
殊不知一眨眼，这样的机会便成绝响。
那时你的面颊与桃花多么相似，
明艳丰满，没有岁月凿刻的痕迹，
可如今，为何那场朝雾却成了梦幻？
我们站在林外，形同陌路人，
无限的可能已经散去，
而下一场朝雾再起时，主角已不是你我。

是

荷塘是月亮的舞池，
如一位佳人执镜孤芳自赏。
枫叶是柔软的脚掌，
踏痕在秋风里，转眼抹去。
晨雾是墓园的想象，
也许还有骨头们在抽雪茄。
灯是显微镜下的萤火虫，
要很仔细才能看清楚灯旁的你。
我是一颗短暂的星，
然而有没有一颗星会是永恒的我？

雨中焰火

须臾的烟花在清凉怀抱里绽放——
市场鲜衣怒马，野外旧鬼新坟。
虽然它由硝、硫黄与导火装置组成，
其本质却是淬火的霜刃，关于初吻的诗句，
以及倔强得让人心痛的坚持。
青年与老朽的欢乐是如此迥异，
老朽与青年的烦恼同样不可沟通，
但这五光十色照在脸上竟是何等相似！
它穷尽自己短暂的一生来邂逅，
只为治愈这颗受了重伤却不肯哭泣的心灵。
我感到身体正在逐渐变冷，莫非
刚才的那场狂欢已耗尽了我全部的活力？

假　装

我假装这一切没有发生，
假装伤口不曾入骨，姓名不是某某。
我假装现实是梦，而梦是桃源，
在桃源里我们不必假装亲近。
只是到了后来，再也无梦可做
——我的野心，你的幸福。

装不下

一枚坚果装不下支离破碎的童话，
一朵乌云装不下无忧无虑的光风，
一束鲜花装不下雪中送炭的热肠，
一页薄纸装不下功败垂成的历史，
一间牢笼装不下与痛俱来的自由，
一颗行星装不下亘古永恒的孤独。

我不适合作诗

我不适合作诗，不适合
做任何跟浪漫有涉的事情，
譬如在城市酥润的雨夜逛街，
譬如在冬日的清晨守着孩子醒来，
譬如穷尽毕生追求某个重要的时刻，
譬如衣锦还乡，或者相逢一笑泯恩仇。
可是，或许我能欣赏别人的一首小诗：
心有猛虎，细嗅蔷薇；
世遗灯火，夜长不孤。

酷似早春的秋日

头戴笠帽的农夫散布于田间采获，
这是自文明创建伊始便存在的古老职业。
佚名的野狗在莘草海洋里虚掷了一生，
太阳在湖面上一照便已是沧海桑田。
为何唯独我像个过客行色匆匆，
仿佛光是盘桓便会酿成致命的危险。
请原谅我此刻无法为你写生一幅，
因为画笔与雅致不知一块被抛弃到了何处。

骄　傲

火焰的骄傲不应是什么劣迹也未记录在案，
而是曾经猛烈与莽撞地挑战过这世上的权威。
风车的骄傲不应是风推着它转动它便转动，
而是能够凭敏锐的嗅觉捕捉到最微末的呼吸。
飞鸟的骄傲不应是那身吸引异性的五色羽，
而是在冲击狂风暴雨之时那稍显狼狈的姿态。
少年的骄傲不应是拥有着无限可能的未来，
而是由始至终都坚信着自己选定的唯一梦想。

约　定

在某些死寂的时刻，我也会
怀疑自己能否达成与你的约定，
在这个至死方休的约定里，
藏有一个光辉璀璨的世界，
在将它实现前世人无从知晓。

这个约定经历了如此漫长的
一段旅程，长到令人恍惚。
它看起来似乎永无兑现之日，
然而当我们回顾最初的原点，
胸腔内的那颗野心也曾饕餮难填。

在某些喧闹的时刻，我真的
怀疑这样简短仓促的约定
面对鸿篇巨制是否会自惭形秽？
也许它将在半途逐渐残缺下去，
可我已经做好了一无所获的准备。

关于这个无从知晓的约定，
狂妄如我，亦明白难如上青天。
但它在想象中是如此美好，
世上最贵重的珍宝也无法与之相匹，
而那些未发生的事在心底堆积成了信仰。

无人能见的脆弱

有没有意志胜过钢铁的伟丈夫，
能告诉我折戟之后的故事？
我不相信结局只是败北，
不相信人生会在饮恨中告罄。

天空流露了短暂的泪容，
转眼又是光埃驰骋的万里寥廓。
我也曾在某些人面前突然失控，
却还是将所有悲伤都瞒天过了海。

我的心中藏着一个逝去的夏天

加油站的阴影底下
有不合群的某同学在踽踽徘徊；
门口撑开伞蓬的私营书店
老板怀揣着落后于时代的野心。
我的心中藏着一个逝去的夏天，
关于你，关于我，
关于一去便如江海奔泻的遗憾。

空调、冰棍与西瓜
是城市丛林中诱人的果肉蔗汁；
香樟树下尘埃扬撒不误，
向晚的楼顶上挤不出半滴雨水。
我的心中藏着一个逝去的夏天，
无关爱，无关恨，
无关下坠了好久才摔碎的骄傲。

整个夏天的角色表已被排满，
纸飞机与大眼蜻蜓抢占着记忆高地，
蔚蓝天穹与芳草河流是其归宿。
漫画中的海边，梦境里的柔光，
一场骤雨模糊了客车无生气的窗。
或许唯一令我介怀的是：
明明同舟共济度过了最为艰难的航程，
你仍无法看见我十年磨一剑的出鞘。

隔 世

隔开我们的是多么庞大复杂的世界呀
——像一台零件精密的仪器，
企图测量出可能与不可能间的距离。
虽然有太多美好的瞬间未被记录，
可眼泪干涸后化作什么又有谁能知晓？
我们以苍茫的山海为跬丘掌洼，
更有日月星辰为迷途者引路，
风捎带来的声音反复吟唱着"向上"，
从天地诞生伊始便不曾停歇。
假如在某个阒寂午后，我的心
突然悲伤起来，或者恰巧脱离了庸俗，
我想至少有一个人不会感到奇怪，
即使他被阻隔在这无垠的世界之外，
仍能招之即来，呼之即至。
我想要珍惜那些至为难得的机会，
就像神灯仅能实现三次的许愿。

老　翅

度越千山暮雪，遍寻不见缥缈影，
刀削笔骤的深谷内，孤灯淡映。
那橘色的光照亮了我心头的挂念，
虽说顷刻寒澈的星月便将换幕。
想起你尚嫌稚嫩的新翼划破高空的风，
如今我这铁似的老翅便仍可摩居万仞。
当我独自飞行在这寂寥的尘世之外，
关于你的记忆像闪电不断刺破浓卷的云。

雨夜旅怀

沉沉的雨夜下清光如许，
小小的颠簸催人遐思。
每滴雨水都是镜子，
映出童话与现实的混淆来。
上千年前曾以舟代步，
一个诗人心中容不下财势权名。
树木俨如太古盘错，
世界则像新生儿般露出微笑。
现在让我们闭上眼睛，
想想雨鼓悦耳，雨点与人等高。

断　章

每次扬抖被子时都乱絮纷飞，
乱絮在室光下透亮，如雪如虫，
像命运扬起它逆冲万里的羽翼，
没有谁不是尘埃，如雪如虫。

一棵等待黎明的树

子夜的风雨呼号着寻找光，
却不知它们自己就是弑光者。
一棵没有同伴的树
伫立在原野上寸步难行。
低矮的草木像是滥造的圩墙，
丛生在那也仅聊胜于无。
没有哪个生灵能够陪它私语，
鸟儿皆埋头瞌睡，虫儿亦已噤声。
它仍然保持着原先的张弛，
即使在长夜里亦不肯仪态随便。
抬起压枝来渴盼第一缕曙光，
虽然深知这不过是又一场周而复始。
待到露水映出了可爱的朝霞，
这棵树终于迎来了温暖明亮的白昼。

流　行

有一阵子，我的人生中曾经流行幽默，
无论亲疏，每个人皆纳入嬉笑怒骂；
还有阵子，流行悲情英雄的定位，
英雄未必达成一致，悲情却是毋庸置疑。
世上亦曾流行过"浅薄"这类欺世之物，
然而谁说风靡一时的便能流传万世？
正如时代有余哀，个人却不缺丰碑，
在跌宕的生涯中，总有众口铄金的时候。

冬 河

这万载不断的流波空淌了多少岁月，
在阳光下它做着一晌贪欢的美梦。
野鸭与家鸭皆托庇于丛生的河心植物，
水落石出与春江水暖俱是它们先知。
或许这个季节的太阳无法驱赶寒潮，
然而起于青蘋之末的风却能扫荡云埃。

第一颗星

它不再是冉冉升起的新星，
而是开在悬崖上的残瓣，
往前一步是搁浅的夏夜，
退一步却会被乌合之众的叫嚣
淹没，就像不理解被大雨给淹没。
云朵的颜色有种纯真的感伤，
月亮的抛头露面总是叫人
难以捉摸，如一个被全世界误解的
孩子，正反双方在此刻达成一致。

唯心主义

我总是相信：
两位挚友可以相知毕生；
过尽千帆后仍有最初的光；
童话将以另一种残忍的风格书写完整；
堕落深渊的雨水还会回到高空；
爱情有始亦有终；
夭折的灵感并不是就此消失；
意志力能创造叹为观止的奇迹；
我从未忘记你，你也不曾辜负我。

英雄迟暮

天地宛如被丢进了巨鼎内烹烧，
一个苍老的背影伫立山岗孤独远眺：
回想起登上巅峰时的荣耀；
回想起屡战屡败的沮丧与之后的振作；
回想起距实现理想只有寸步之遥；
回想起顾此失彼间埋葬的感情，
还有一幕幕与俗人无异的喜怒哀乐——
但却无法预见自己的凄凉晚景：
跳梁小丑们一拥而上，落井下石，
无法逃避，只能保持睥睨之姿。
可是那些全都不重要，
因为他已豁尽了毕生努力，
试图去成为一颗其芒如斗的大星。

死亡谢绝眼泪

死亡的阴影始终盘旋不散，
我却从头至尾耻于堕泪。
窗外黎明的曙色尚未降临，
死神的车驾一定还在狂奔当中。
在那洁亮的云辇上，
已现出东方鱼肚白的光迹。
我灵魂的安憩处将不再有
世态炎凉与利益权衡，
也许当我闭上冰冷眼睑的那一刻，
才会发现有太多爱恨情仇将我紧抱。

尘世中那抹笑

谁的笑，小心而卑顺，
如同一道低壑，
内里淌着雨露汇成的溪峡，
不敢与江流争高下。

眼下他正挥汗如雨，
被冷漠喧嚣的尘世包围，
除了用拘谨的微笑来对抗，
再无武器能与命运一斗。

我们都曾见过这抹笑，
在最平凡的时空——
能让冰霜融化，
也给炎热下的旅者以清凉。

一直勇敢着

强忍悲辛，望向这座不夜的大都市，
如在深不可测的海底仰观唯一一条出路。
困守樊笼，遥听某场沸腾的演唱会，
像往覆满碎冰的湖面投入整整一打熔岩。

我感到自己的身体在日益衰竭，
也清楚有仇未报，有豪言未曾证明。
还能去实现繁绚若天方夜谭的梦想吗？
我不肯任冥冥之中的那双大手摆布自己！

永驻之光

有的光芒，永远不会消失，
活跃在黑暗中，却泯没于普天光照下。
时光可荏苒，血泪亦可风干，
唯独这永驻之光，渐沉渐忘在寂寞深海。

荒城日暮

荒城行将入暮，死亡化作漫天白雪飘降；
紫天凝光如荇，谁还在对失败不依不饶。

疾风吹开朽门，蜾虫蜂拥夹道，
此城荒凉如斯，正好书写唁报。
这座荒城已经日暮，一场沙暴
抹去了天尽头的古道，骆铃就此音杳。

你们就是全部

你们就是我的全部，
如同遍覆月球荒凉表层的环形山，
我该如何一一替你们命名——
出现在我短暂浮生中的可爱朋友们？

你们是寒夜全部的光芒与温暖，
是疯狂蔓延的敌意外的微笑，
是摇撼我心灵的急骤力量，
是自由，是信赖，是日月星辰般的存在。

我惭愧于自己的潦倒落魄，
生怕这些配不上你们慷慨无私的馈赠。
你们终将陆续与我道别，
然而没关系，灯塔一早便活在了孤舟心底。

我曾经失去一切，幸好还有你们。
我已经长大，所以不必再担心——
犹记得我们飞过大雾弥漫的天空，
在雹雪欲来的季节分享贫瘠无几的收获。

眼　神

即使是在一个稍纵即逝的眼神内，
也能窥察出这个世界的诸多本质：

农夫觑向田地里逐渐腐烂的蔬果；
老友端详彼此乌鬓边乍染的繁霜；
年幼的孩子透过泪光仰望着皎月；
风发的少年怀抱野心俯瞰起山河；
耄耋老朽在挥别人世时眷恋难舍；
赴死战士在临蹈敌阵前毫无惧色。

我不愿谁眼眸中的光彩变得黯淡，
更不愿它们如暴雨秋池那般浑浊。

城晚忆年少

夕阳在斜斜欲坠，
车内弥漫开陌生的氛围。
从某站点涌上来几名学生，
脸蛋通红，汗湿额发，
这跟十余年前有何区别呢？

那时街巷更古旧，
夕阳也更纯粹。
我们跑过的场景好似虫洞，
等待着吞噬落单同伴，
这跟现如今又有何区别呢？

我想起了一些浅交，
与那辽远却简单的志气。
梧桐背朝夏暮的微光，
教学楼上青春张扬，
讫今往后我再也不曾迷惘。

桃李水坝

开阔的野陌早有村童放起风筝；
蒹葭岸边，映山红揉乱进清波怀抱；
暖莺穿越山霭，春径开满缤纷桃李花。
我在通往小水电站的溪石上邂逅了
一位面若桃李的姑娘，藕臂
让人心旌摇曳，乌发拂过盈盈一水间。

在其他季节总是难觅羞赧的表情：
仿佛时光既不曾逝水般一去不回，
也没有带走少年易激越的情怀。
曾几何时，我邂逅过一位佚名的姑娘，
虽然只是在擦身之余多回眸了一眼——
在故乡永不秽芜，人面桃花相映的水坝下。

冬夜往赴狗舍

奇寒下，我忽然想去探望
寄养在外婆家的小狗——笨笨。
在这个黑彻的雪霁之夜，
它是否有法子抵御饥寒的交迫？

于是我赶往半里外的外婆家，
天地间阒无人声，视线
也被重重村舍阻隔，然而
我怀揣着一颗热心走向应赴之地。

抵达时就连朔风都已困倦，
我踩着冻滑的凝霜，心内
本已不抱希望，认为
笨笨一早便逃进了黑甜的梦乡。

我呼出口白气，正欲转身，
小狗却倏忽钻出了狗窦，
睡眼蒙眬，尾巴摇得像极了风中芦苇，
搭来一只前爪，畏寒之意毕现。

我轻轻抚摸它带毛的额头，
两厢皆不作声，因为

　　此刻任何的表达都是多余——

　　我感到心底装满了信赖这种无形的物事。

偶遇的美好

我偶遇过许多美好的天气：
岁末的雪霁；深秋的光漪；
春夏之交明月俯照大地。

我偶遇过许多美好的风景：
故乡的山顶；冒雨的远行；
雾在玻璃上描你的身影。

我偶遇过许多美好的感情：
第一封情书；平稳的睡息；
纷纭世事斩不断的羁绊。

我还偶遇过许多落空的美好，
明知此生再也无望拥有，
却祈盼它们能在别处蒂固根深。

海边的小沙弥

在某某号台风即将过境的海边，
白沙上走来一个新近剃度的小沙弥。
他趁午休时间出来透口闷气，
因为跟那些佛学院的毕业生格格不入。
天边云色泼剌，海水惊疑难安，
不稳定的气压下，万物都失了主张。
它忽然怀念起故乡葱茏精致的后园，
那完全是另外一个天地——
凉井；雾墙；覆盆子；锈色烟囱。
躲在里面会感觉自己是有根的植物，
只是不知如今拆未拆毁。
一切都在改变，自己也在成长，
然而有句话在接天风浪下不吐不快：
"我想家，那个贫穷却自在的小家！"

坊门橘光

江南的暮春来临了，
天空中布满绯色的残霞，
无法抗拒啊无法抗拒，
身心俱陶醉在晚风膝下。

一座坊门伫立于镇郊，
厨内的橘光正将古宅融绣，
炊烟好似母亲的发辫，
温柔涌动啊温柔涌动。

故地重游

时值黄昏，群屋静默排开，
每一扇晚窗都透出昔日的温暖。
大河中再也难觅戏水声响，
成队的候鸟振翅掠过赭色浓云。
随便拣条小家碧玉的曲巷，
再也不会玄奥得如同重重迷宫。
放学后的顽童在河畔滞留，
只有我对着翠屏山形黯然神伤。
物不是而人渐非，我觉得
那株无名树正是自己幼年模样。

有绿豆汤味的食堂

吊扇旋转在涟漪色的天花板下，
听凭光影被布置成逼真舞台剧：
她想起舞，想要担纲主角，
想摹刻出毕生的姿态，却只看见
汗水滑落颈窝，风铃命悬一线。

打饭的窗口映出千军万马，
青春如此拥挤，况兼悲喜杂陈，
唯有此际的疯狂能冲淡不久后的离愁。
水晶糕有些发馊，绿豆汤也不遑多让
——躺在桶内如瓜果抱枝而烂熟。

我尚不知余生有多少话语未叙，
多少事情未竟，又有多少
草木未秋？白雪未融？即使
没有青睐者，需要无奈地倒弃掉，
也绝不白轻自贱，取悦卑劣者的唇齿。

圣诞夜不孤单

记得那年的圣诞夜，
我在动漫城与一位陌生女孩
占据了同一台投篮机。
我们的配合逐渐变得默契，
可还未互问姓名便各自离散。

又值今年的圣诞夜，
我给自己买了条新围巾，
还向每个朋友都发了祝福短信。
忽然怅然若失起来，
橱窗内的光华像极了她的眼睛。

梦回古街

清冷的月光照在容纳吾梦的床畔，
雨后杏花，沽酒老叟，披戴鱼肚白的濯衣妇
——次第入梦，铺陈若绮。
不知是几更天的梆声惊扰了我，
推窗看去，但见孤灯影外，芭蕉飔飔，
檐间深邃的霄汉宛若一袭晶澈的星罗裙裾。
夜航的乌篷悠荡开欸乃的桨声，
渐远渐微，却长久地寄寓在心头。
已有小贩挑着担穿街走巷，脚步轻卑，
卖馒头的阿婆笑起来脸似粥皮。
困意随熹光弥盛而俱涨，野心
无法按捺地漫过了苔色遥侵的白墙
——虽然这个梦迟早会醒来，
却在转瞬的虚无中留下了寡淡的一笔，
除了灵感的火花一闪即过，再无其他痕迹。

平凡之海

这片海域鲜有风暴兴作，
墨靛的稠藻会在特殊季节占据海面，
仿佛沉船的巨大浮影。
浅层的梭鱼沐浴着语焉不详的日光，
心藏精彩纷呈的美好愿景；
中层的墨鱼不知天高也不知海深，
随巨蟒似的海流泛转而群嬉；
底层的虾蟹虽未屈从压迫，
却在无望突破的黑暗下丧失了追梦的饥渴。
唯有那些跳跃于海面的鳞损之鱼，
早已爱上了乘风破浪的凶险，
无畏的鱼目内映构出万顷蔚蓝的远方
——那绝非是无法抵达的妄想国度！

异 乡

隧道，漫长幽深的隧道；
出口，光明守候的出口——
我闯进了如瓮腹一样的风景：
烟云；矿山；草莓田；
还有残留着大字标语的土坯墙。
我不介意作为一名游子
离归于你的怀抱——
多愁善感；争强好胜；健康但平凡。
这是一块受到祝福的土地，
而我们的擦肩错过已成定局。
大巴上，一枚感伤却欣慰的笑容。

兑　现

我曾经失去所有希望，
连性命也几乎不保，
但又侥幸地将自己
从确凿的悲剧内除了名。
那时的我们不仅贫穷，
而且孤陋寡闻，
世界也还未露出它的爪牙。
可你无条件的信赖，
如皎皎明月照进心底，
哪怕承诺荒唐可笑至极。

被当成疯子对待的过去，
却收获了这样一段深情厚谊：
其实我们既不贫穷，
也不孤陋寡闻，
关系如此纯粹，就连
转身的背影也无比坚定。
挥别，风随即刮起，
千万别忘了买酒，
重聚之日我们会有理由碰杯，
再小小地庆祝上一回。

悲观的瞬间

我能一直走向夜的何处？
头顶浓云密布，清光偶露；
桥外繁灯散缀，喧声常驻。
头疾猝然来袭，时辰缓慢难挨，
我已累极，却犹在桥心拔步。
尽头之外还有尽头，而我
不知自己是否能撑到回家的那一刻？
可家中也仅有隔膜的爱，
我不愿掉入那罗网——明明
无比寂寞，却还得强颜欢笑。

雨雪充沛的冬天

半雨半雪，还夹杂着雹子，
它们在天空乱窜，乱舞，乱扬，
仿佛是另一个闹哄哄的世间。
此时寒桥霜寂，竹荷芦荻皆缄默，
唯有这些天降的飞絮薄晶遭遇各异：
或高洁守贫，或含污忍垢，
或落在萧木疏禾眼角，来年丰收可期。

白 发

昨晚，母亲在我脑后发现了一根白发，
就跟我十年前在她鬓边所发现的那样。
这十年间我饱尝伤疲交加的滋味，
苦觅一个怀抱而不可得——它不知在何处？
也曾天真无邪，以为自己终将衣锦还乡；
也曾无所畏惧，深信磨难都会迎刃而解；
可最后还是在连续作战中流尽了热血。
那殷红的颜色似朝霞，更像玫瑰——
谁说那是等待着被斩首的头颅？
但这青丝下的一寸白发又算什么？
夕阳下辞夏的芦花？冻穹间飞旋的初雪？
还是战士欲闭未闭的眼，随时准备着与汝偕亡？

兜 风

空气中弥漫开榨菜籽油的芳香，
尘花间挂着一盏没有了风烛的旧灯笼。
公路上空空荡荡鲜少车辆驶经，
金风吹乱了午光又开始摇动白枝绿叶。
养老院的围墙与幼儿园撞了色，
穿褪色蓝军装的退伍老兵被岁月销蚀。

昨日车后座上还坐着一个顽童，
手机里单曲循环着他最爱听的音乐，
然而今天我只能独自穿越老街。
理发店与早餐店藏在静好的阴影下，
我看见的每一张脸都似极了故旧。

傻　子

他是个被人所怠慢的傻子，
逢人便不厌其烦地寒暄或者问候，
哪怕换来的只是不屑的嘲笑。
那天我看见他蹬着一辆三轮车，
拉载老母亲逆迎着光缓缓爬坡：
他摇晃起脑袋，笑得像是三岁孩童——
我从未见过比这更简单浅澈的快乐。

即 景

在夏日云朵逶迤的田野上——
雾岚若即若离，劲风奔走呼号，
屋舍袖手旁观，道路百折不挠，
河流义无反顾，天空袒露怀抱，
蜂蝶在撩拨，花草在炫耀，
深树在倾诉，猫狗在寻找，
飞鸟在悲悯，而唯独人在创造：
创造伤痂，创造凶煞，更创造神明
——好神明抑或坏神明，
藏于亿万芥子，压偏每架天平。
谁活着不是顶顶独特的存在？
而谁的努力不是交相辉映的奇迹？

痊愈那日

痊愈那日，我要陪你垂钓半天，
话题琐碎，但光是沉默就已诉尽恩情。

痊愈那日，我将给你热情的熊抱，
摸摸你憔悴的脸，擦干那喜极而泣的泪水。

不管处境如何，也别介意旁人目光，
我愿拆毁内心城府，再将砖石填进遗忘的海。

痊愈那日，我会如何奢侈地大笑，
握紧你汗津津的手，去看一场推迟太久的电影。

你的名字

似乎天生就带有一种魔力，
与你相处将会忘却一切烦恼。
读出区区两个字无须大费周章，
实现起来却会耗尽毕生心血。
空气里弥漫开不知名的花草香，
野鸟撞断脆枝恰似摩西要分开红海。
若是在你怀抱之外的僻壤迷了路，
我该如何找回昔日的欢乐？
蔚蓝的天壁到处浮现你的笑靥，
而我除了努力描摹你外不作他想：
在幽光沉淀的绿松石上；
在巨影环绕的暴风眼里；
在每个活泼却千差万别的脑袋内；
在自己也不知想要倾吐什么的灵魂深处——
我用最简单的笔画来构筑你的名字：创造！

片隅的宁静

那是密林连接江河的一条岔涧，
在夏日里经常倒映着午昼的云天。
涧边的花草不喜欢争奇斗艳，
却似一段清新隽永的散文名篇。
跌跌撞撞的昆虫点皱了镜子般的水面，
偶尔也会有少女与顽童来采撷花草。
我知道这片隅的宁静足堪寄托心灵，
但还是不免向往更为绚丽多彩的世界。

三叶草

我踏过夏日花园的幽径想要寻见你，
艳阳高照，苍耳一颗颗沾满了裤管。
曾经不缺闲情逸致，同伴更多若过江之鲫，
可是残暴的风雨过后，一切都得重新营建。
我明白，你并不能给谁带来幸运，
也无法将盛夏芳馥的香气永远留存，
然而我钟爱你，像是一位小小的拥趸。

初冬五首

萧凋的草木舞罢不语，
似乎在为上个时代默哀致敬。

翠绿已被具棺殓葬，
鹅黄与卵白篡夺了它的成果。

水落石出，藻荇伏滩，
白沫不再涌流，朝天追忆汛期。

两只野鸭分潜于琉璃水面，
为了什么它们不肯出双入对？

最后一缕微弱的蝉鸣方休，
而真心还未放歌便几被屠戮殆尽。

逝去的光阴

它宛如一川洪流滚滚向东，
那里是太阳升起的方向，亦是墓地。
荣辱不过是河面上的瞬息之影，
而掌中沙迟早将会漏尽。
我站在光与阴纠缠不休的交界，
或许身处阴影的时日略多些。
峭直的灵魂在逝去的长河中觅拣——
殊少却珍贵的光，无尽却忍耐的阴。

怀 旧

五角钱一袋的零食可以品咂半日；
体育室与图书室各自有鲜明的气息；
夕阳下的摩托车驶过重重山峦；
磁带所附送的歌词尚是繁体……
每个年代都难逃一去不返的命运，
怀旧只不过是在记忆当中翻箱倒柜。
一个过河的小卒子需要这种慰藉，
仿佛简单就是幸福，而纯真就是幸运。

望 月

夏夜的流萤，冬夜的薄霜，
似乎在那一晚同时出现。
甘蔗田与毛坯楼沐浴着月色，
我藏在阴影下沉静地仰望云雕。
在抬头之前我仿佛尚还年幼，
可低下头来的一瞬却老态毕现。

纳凉的父亲

父亲坐在繁荫碎覆的庭前，
看远山在晚照下逐渐失去光彩。
如今的他已不再挑剔，
能顺利抽完一支烟便已是幸莫大焉。
故乡的蚊蠓总是聚成云翳，
山脚下有零零星星的迟归客。
在水井旁冲凉的男人赤裸，
香皂的香味儿挥发，
肌肉线条被钨丝灯镀染，
家中的角落堆满了空啤酒瓶。
当年的烟味再难复刻，
如今更是多抽出了一种迟暮滋味。
父亲不再壮实，甚至不再回忆，
他眺望入夜前倦鸟投林的模糊行迹，
一明一暗的烟头恍若野兽的独眼。
流失了活力，更远离了激昂，
那种劫后余生的沧桑感令人淡阔。

两种白

风雨漫过油菜与茶树的边界，
天际一眼望去密如丛林，
实际上不过区区数行。
霁阳蒸晒出草木的清香，
像将揉好的面团放入油锅内烹炸。

窗棂上结了薄薄一层霜，
冬日清晨的吻矜持而淑惠。
橙光是大师的寥寥几笔，
是百炼钢化为绕指柔后的剑冢。
我虽寄身病榻，心却飞向浩渺远方。

河畔即景

放牛的农妇没有绰约风姿，
就连头戴的草帽也宛若石刻；
蓝背的水鸟与长颈的白鹭动静皆宜，
上千只鸭子俨如众佛的雕塑，
仿佛雷同就是最大的罪过；
树木的枝叶因安逸而发白，
狗尾巴草的杆穗在透亮中升华，
不复春夏季节的柔嫩节律。

凉　夏

悖反季节的凉风四起，
如同许多年前斗潭的晚街：
梧桐百岁不足半世有余，
鸟啭像漫天银币撒落，
面包店邻接初试雏音的吉他店，
卤味店前自行车穿梭如织，
青春期的多愁善感在伤眸内
化作五月飞絮，睁开眼
只有鹅黄柳绿衬着霓虹笑不露齿。
夏天不可语冰，却可冠以"叛逆"，
它将一时的降温天揽入怀中，
怜爱犹如己出，不管是否早夭。

无日无夜

流逝无日也无夜，
所以我们也在无日无夜地衰老。

城市里无日无夜不在上演悲欢离合；
大自然无日无夜不在重复荣枯兴衰；
而我无日无夜不在想念你的襟怀，
能够引领我度过任何悲惨的境遇。

怀疑无日也无夜，
所以我们才在无日无夜地寻找。

这首歌模糊难辨

我坐上客车，准备
离开这座行将入秋的城市。
秋衣都已备齐，然而
不确定是否还将再行添置。

气温下降，季候转凉，
而我暂时仍未与旅伴碰面。
出发前检查了许多遍的行李，
现在依然没有丢失物什。

城市的面貌渐趋清朗，
容纳着形形色色的路人往来：
容纳欲望；容纳执拗的追求；
也容纳一个我，保持自我期许。

有人觉得新奇，交颈顾盼；
有人自负独特，登上舞台；
有人却习以为常，静坐一隅；
而我只是带着微笑去欣赏。

耳畔的人声时沸时歇，汽车
总是在驶向全新的一段旅程——
我确信自己曾在某个时空见过它们：

那条小狗，以及转角的苍苔木屋。

可是有一首歌屡番适时适景地响起，
极有味道的旋律，带着些
可爱，憔悴，还有几分残忍，
模糊难辨，仿佛总在自我修校词曲。

一个清俊的少年，在印象中
被速写勾勒了出来，眉头不展。
他因为见到久未谋面的故人，
而将情绪投掷到一时的惊喜当中。

充当背景的昔日朋伴，
与透过车窗窥见的整幕浓秋，
被难以言喻的氛围所渲染，
车行伊始，绚烂的秋光便销为了薄愁。

衰黄的植物；铁丝网围住的球场；
打烊或趁夜色悄然开张的店铺；
飞越楼角的候鸟；高墙内的合笑——
小车将其一一抛离，驶向随时可能中止的更远方。

华灯初上，食物的香味勾惹饥肠。
关上车窗，一切色彩匀为幽暗，
忽寂忽聚的别处光，揉乱井然复揉乱——
这首歌开始萦绕，传进耳膜，直袭心房。

那时候，一遍又一遍

细腻地哼唱，寒流捧裹脸庞，
衣物摩擦少年干冷的肌肤，直到
眼泪夺眶，心灵被淹没进酸楚里面。

回忆层叠，可是眨一眨眼，
我已不再去怀念。
这首歌也许某天会清晰重现，
但更可能永远不会复苏。

我在小小的疲惫下闭目养神，
不清楚汽车此刻驶到了何处。
我慢慢地不再多想，
任凭它载着我去与未知的旅伴碰面。

此去南方

此去南方，或要经年，
然而我亦不清楚此去究竟为何。
窗暖檐倾，虫鸣于蒡，
在春光下折一段柳枝聊寄故闾。
有时暴雨，有时烈阳，
你追梦的路上散落遍彩虹碎茬。
南方有禽，名曰精卫，
而衔石填海不正是你我的夙愿？
曲直皆可，成败毋论，
待姹紫嫣红败尽初心仍在苦候。
此去南方，或要经年，
书信未达楚歌却早已不堪卒听。

陌生清晨

再次从梦中毫无防备地惊醒，
而这个灰色国度同样亦在苏醒
——气息污浊，龙蛇混杂。
昨夜的残酒尚未销去，
头痛却又开始状若裂帛。
在这个陌生的清晨，
我想不起还有什么亲故，
除了讨好仇雠，
似乎并没有其他选择。
任性已成为奢侈中的奢侈，
难道非得效法史书中的枭雄——
忍辱负重，乃至扼杀天性吗？
自由不在满城的消毒水气味下，
推窗去看，唯有昏蒙的重光。
诗意？童趣？
早就凝结成了寒露，
附着在铁石心肠上，转眼蒸发。

咏　雪

今早，初雪无声地下个不停，
我敞开窗，端坐檐下等待裸土变白。
阴天澹澹而恬静，落雪片片堆叠，
寒意愈甚，墙内的天地浸夷遍了苍冷。
梧桐青花色的躯干还残留着夏秋的体温，
眼下粘连了玄霜，怔怔地俯朝一口旱井。
红瓦上细雪转凝，灿灿地发着光，
四墙仿佛是为了诠释透视法才存在。
飞鸟绝迹，犬吠不时惊破冷肃的空气，
顽童银铃般的笑声承袭了欢嚣的血脉。
就在这所小学，我忽然记起了
树梨卧象，以及整夜整夜仰望月光冻结的雪原
——而我，甘为千年以降的一名士子，
在朔方中蹒跚地寻找某则真理，
任凭风雪压肩，腹饥足寒，天罟地冻，回忆萧瑟。

渔具店的少年

渔具店的墙脚倚靠定一位少年，
捧着手机忘我地游戏。
从盛夏街头挤进喧嚣的声浪，
疲于奔命之余谁能有幸留住静好？
繁多的渔具宛如一座陈列馆，
它们暂时无法想象碧波下摇绰的鱼影。

不过是匆忙间的一瞥，
便臆造出了爱，臆造出了野心，
臆造出将来的某个时辰，
一切想入非非将自云端跌落凡尘。
我已失去在宽裕白纸上作画的资格，
却仍记得我们曾怎样疯狂地迷恋过涂鸦。

眼下很是安逸，不管前途如何叵测，
未来迟早会像台风，席卷千里万里。
渔具衬托出他青春茁壮的身型，
所谓不虚度，仅是在狂欢落幕前饮尽杯中酒。

春夜散步

整日的阴雨过后，云浓雨偃，
你我信步在向晚的马路，
脚步声拉长了空林滴漏的变奏，
一把雨伞抵御不住湿凉入侵。
村庄在视野的边缘发蓝，
疏灯比星光要更早登场。
没有人迹的马路延伸进雾原，
看不到尽头，更无从揣测长度。
野陌间的鸣虫好似半醉微醺，
远方升腾起一簇簇焰火，
惹得我们驻足眺望。
你露出了我从未见过的调皮表情，
于是我遂莞尔地牵起了你的手。

唯一的中弹者

子弹在弹痕遍布的天空纷飞，
而我是唯一的中弹者，
躺在快要凝固的血泊内，
如一个局外人般等待着自己死亡。

漫天遮蔽了日光的森森子弹，
在其他人眼中最多不过是惊吓，
而我是唯一的中弹者，
弹雨中轰然倒地，不受怜悯。

陌路乱哼

山穷水尽，我走到陌路的末路。
希望不知躲藏在何处，
反正我找不到它狡黠的影踪。
据说这时候需要一个奇迹，
带领你回到正轨，重整旗鼓。

然而我拒绝祈祷，拒绝
接受谁的庇护——那是给予弱者的施舍。
我决定的方向，神也改变不了。
即使充血嘶哑，抑或有失声之虞，
我也定要让自己的哼唱洞穿无尽时空。

这路难以下脚，荆棘会刺进脚心，
还有什么磨砺，能这样痛并快乐？
说好的勇气，如今已无须言明。
今日有些特别，雨大得像场葬礼，
我发现一株幼芽，几乎快被浸淹殆尽。

我替它掘开围屯，让洪流得以四泄，
还不顾污泥沾身，蹲下告诉它：
放心吧，这雨终将止息，
让我看看届时你能长成何等伟岸模样。
说罢，我只携带了这句约定继续赶路。

雨 至

一场雨至，在敏感细腻的年少时光：
你我皆未打伞，并肩走入那条杏花深巷，
任风吹雨打，繁香白蕊尽落去——
万云隐匿天外，我仰面想象未来。

他日重逢，在南方小城的落花时节：
仿佛重温了杜甫诗中的丝竹管弦与醺风，
独独缺了一匹载你还乡的老马——
浊泪滴落咫尺，你不复往日神采。

密　发

少年的黑发蓊郁若春夏云烟，
是谁握锄栽就了这一畦洋洋洒洒？
少年的密发飞扬似七月风眼，
是谁提笔书就了这一纸浩浩汤汤？
在霜烦秋鬓，雪寄满头的季节，
他是否还能记起：自己
也曾在某个光荣时刻腼腆地微笑，
同时暗藏起了雄心万丈的热望？

观云之趣

我曾偏安江南山水毓秀的小镇，
花上大半天来研究云变的规律。
那时候的我眼中只有远方，
却忽视了阶前裂石而出的弱小生命。

现在白云们像是旧时代的遗老，
更似揭开新时代序幕的风云儿
——表面上闲适慵懒，
却不知在酝酿一场怎样骇人的风暴。

天 桥

如果这座天桥的上下空旷留白，
就只剩我存在，踽踽徘徊，
出神地环眺一面面巨型的广告招牌，
除开钢筋水泥列峙，别无呼吸。

可眨一眨眼，现实便压迫过来：
人潮汹涌，车流熙攘。
穿行其间犹如信步于死去的塔碑石林，
石面上竖拓着或久远或鲜活的古今体势。

我尽可能想要走慢一些，
悠闲地张望阳光染指不到的地方。
桥上北者南往，南者亦北往，
拥挤匆忙，活像溯河的大马哈鱼群。

人们总是错以为远方才有乐郊，
于是不惜背井离乡，一路奔向欲望。
然而你看那露宿在桥底的流浪汉，
蓬头垢面下写着的是怎样难遣的乡愁！

街头艺人准备开唱，吉他曲目待考。
是谁举着相机拍摄？若我也有故事，
不妨闯进镜头，做个媚俗的手势，

扮演某位快乐路人兼不速之客。

一沓战利品似的照片近乎完美，
我却吹毛求疵，不肯溢美：
暮色太过感伤，徒自勾惹惆怅；
还差一张我们在芸芸众生里的合影留念。

我在天桥的两端来回折返，
仅为寻找一家年少时曾光顾过的小店——
提供美味的盖浇饭，还气氛随便。
我竟是如此怀念那种不顾形象的大快朵颐。

待字春闺

小女子正值豆蔻年华，
待字闺中，尚未许配人家。
墙外春意烂漫，树光驳杂，
一群未睹容貌的年轻人迸生出合笑，
那份自由馈赠的快乐令我羡妒。

我的如意郎君现今萍寄何处？
黛顶长发早已及腰，亟待
他来盘绾，任绺绺青丝滑过指间。
这种想煞心肝儿的思量
是否会因父母之命媒妁之言而落空？

无处托付情爱竟是这般滋味，
犹如剪不断理还乱的缠丝。
笑声随空邈的想象远去，
我独自坐在秋千上抚摩夕光，
像一个身怀至宝的君子叹息无人赏识。

哥本哈根的骄傲

流星转瞬即逝地划过海面，
会有多少海底生物围观这颗失去光热的石头？
烟花与柳树本可长相厮守，
却被分隔在冰天雪地的两极徒然思念。
手艺匠人与姜糖小人相依为命，
没料到豌豆公主竟在风雨之夜贸然造访。
火柴只映照出世界快乐的部分，
短暂得如同甲虫由谎言与抗争充斥的一生。
天鹅在长大之前饱受欺凌，
却也曾跟头戴宝石的癞蛤蟆惺惺相惜。
锡兵与跳鹅都视死如归过，
它们的戎装远比皇帝的新衣更值得自豪。
小人鱼被虚幻的影子欺骗，
只能像小意达的花儿在无人处一夜凋萎。
拇指姑娘多年后才能认识王子，
在那之前荆棘早已遍布来时的坎坷路径。
老路灯下是否有个执拗孩子
仍在等待一朵夏日痴将芳馥悄然奉献？

望　乡

有山水阻隔，放逐白云
遥寄一颗客心，望穿了什么——
千里路帆，万里风棹。

昨夜望故乡，今夜又望，
燕衔抟泥揖祝，此味非彼味——
似曾相识，未曾相忘。

逃

我还能逃逸往何处？
宛如一个被灭国的君储。
早就已经穷途末路，
却仍旧不甘心束手就缚。

说好不再狼狈逃窜，
不管太阳是否安照如故。
世界曾经只剩黑白，
所以没有理由再去惊慌。

既然死亡终究难免，
我愿像个傻瓜那样战斗；
既然天真无处搁放，
我愿凭无俦的勇气战斗！

隧　道

在黑暗中摸索的经验告诉我：
沿途的风景未必妩媚，
邂逅的过客也未必多情——
能够凉薄残酷的就绝不温情脉脉。

不管是烟草味还是薄荷香，
迟早都要被埋葬进冰冷的棺墓。
而脚边逃窜的老鼠是否明白：
光明必定存在于这世上的某处！

如果难免孤身上路，
寻找同伴便成了即兴之余的节目。
一星遥不可及的自然光
支撑着我走过隧道内的万千歧路。

夏　蝶

夏日的蝴蝶在风中进了又退，
没人在意它那昙花一现的美丽。
短暂的独舞乃是为了不辜负此生，
哪怕将会老弱病残更兼鳏寡孤独。

蚊 香

漩涡状的黑蚊香寸寸化灰，
蚊子大军相继坠亡在森凉地面。
我构筑着自己的游戏王国，
而母亲正埋首于书案撰写文稿。
钢笔划过纸面的声音断续，
她的背影镶有昏黄的朦胧边框。
我很熟稔窗外的如洗月色，
也曾将方圆内的流光尽收眼底。

繁　华

不是那六朝更迭的金粉古都，
而是旧城内一口不起眼的乌沿古井，
勾起了我对于繁华的向往。
不是车水马龙，更非夜色霓虹，
不是的，仅仅是一口清澈的小井，
映出了山形寒流，也映出白云苍狗。

不是那烟销坑冷的关中遗迹，
而是旧城内一口不起眼的乌沿古井，
引出了我对于繁华的怀悼。
繁华的每一处过去式与延续地，
固然魄毅，却略嫌不耐清贫，
唯有这口古波不兴之井封存了它最初的模样。

净　土

五柳先生曾用妙笔栩栩描绘过一处桃源，
引来千百年间自命高洁者的趋之若鹜，
可我只思慕南山下那半亩杂草疯长的豆田，
与某个不谙农桑却戴月荷锄归的率真田舍翁。
洒脱从来就不是与生俱来的秉性，
假使被蒿刺刺破肌体还能诗意地微笑，
才算在心田间垦辟出了一指可覆的净土。

诗意不灭

诗词既可以是辞藻的堆砌，
也能够比任何肉体存在得更为长久。
经典的美好绝非一蹴而就，
它在每一幕日常中汲取养分。

心灵既可以短浅如同鼠目，
也能够比最遥远的天体星轨还自由。
灵魂的高尚绝非凭空造就，
它在百般的淬炼下强大自己。

地狱里的光

佛陀不屑在这造德修业，
他们也没有那种勇气说出
"地狱不空，誓不成佛！"
我在人性的深渊里走了太久，
几乎忘了有的地方光辉灿烂，
光是残照落在脸上就很美。
有一束光自童年便开始亲吻我，
饱含着苦难深重的清澈泪水，
对我再三爱怜，哪怕遭剥皮拆骨，
在人间的地狱坚忍并拒绝忏悔。
无数悲剧在光天化日下上演，
仅如冰山一角，而在地狱
既没有阳春白雪，也没有悲剧反转。

黄昏的烟

黄昏的烟罕有随风动摇者，
总是以一种凝滞的姿态缓缓升腾，
粗枝大叶，没有艺术品的精致。
我想要拥抱这些孤独的旋柱，
如同细淡的烟圈虚化了沧桑的脸。
总有青春边残缺边骄傲着；
总有野心不顾一切地焚烧过，
最后归于平静，闭目欲睡，不屑名利。
也总有爱将自己献祭，照亮
短暂或无尽的黑暗——倔强从不妥协。
黄昏过后便是葬礼，就像
长夜过后是新生，死亡过后乃是永恒。

山中忽晴

五月初的芳树因志向远大而从容，
三十年后的云依旧不知疲倦地变幻，
看客们宁肯一笑也不愿抱叹良多，
就像碧水离岫，再也回不了头。
我是人类社会的弃婴，却是
受大自然怜爱的幼崽，在丛莽间
探索，觅食，寻找同类。
偶然抬头，阳光已刺破云层，
啮下了如琢如磨，如火如荼的獠牙。

夏野已暮

光的坟场不再有鼓翼声声，
锈损的水镜依旧柔肠百结，
还有什么能比蚊蠓更朝生暮死？
也许只有筋疲力尽者的梦境。
在无数个这样的时刻，
荒草成了阻拦我前进的敌兵，
然而那庄严的站姿却令我肃然起敬。
我穿过比整个世界更广袤的阵地，
如果万事万物恰与虚名相反，
我愿将暮野称为"大自然的疯人院"，
里头囚禁着最为无辜的匹夫，
清醒是罪孽，而怀璧则成了罪由。

松鼠与灯

白日里的湿地栈道上，地灯如钻；
一只松鼠加速奔窜，愁绪荡然无存；
它的活泼让我想起逃离人海后的轻松，
我回首，不哭不笑也不迷惘。
那时候我的心还如此年轻，藏着
许多隐秘的梦想，将人世看得很小，
却将大自然的纤毫变化看作皇皇巨著。

我已泪流满面

待到漫长的雨季过去，
天空内外到处都放了晴。
我听见花开草长的声音，
看见风将镜子给磨得锃亮。
我对着镜子端详这张陌生的脸，
忽然发现了一枚浅浅的笑痕，
难以察觉，充满魔性。
光是看着它我便已泪流满面
——在这残酷统治的缝罅，
居然还幸存着如此无畏的友善！
别忘了自己泪流满面的样子吧，
即使失控，它也绝不软弱可笑。

夜半客船

比夜半钟声更早抵达客船的
是倦思；
豆灯附近的珍蛾
因趋光的本能而扑向微焰；
船夫已经打起盹来，
他配得上梦见拥有一艘新船；
涟漪带动波底稠柔的水草，
我躬身出舱，
抬首便见到皎皎孤轮悬于中天。
是夜蛙声响彻，星阵压河。

可 爱

你坚持的样子是如此可爱，
迎着讥讽镇定起舞的动作也同样；
你疯癫的样子是如此可爱，
任时光雕琢出沟壑的笑容也同样；
这个世界一直都如此可爱，
尽管我们只是两个被践踏了骄傲的傻瓜。

散 文

时光墙下

阴天鱼市

各种颜色的篷布拦住了日光，就像拦下兜头浇下的染缸水。午后的鱼市内，连苍蝇单调的嗡嗡哼叫也算填补了声音上短暂的空白期，显得并不那么讨厌了，隔壁肉市的砧板则成了它们竞相争夺的"风水旺地"。鱼腥味来自所有已死、垂死或仍活蹦乱跳的水产品，它们在注氧的池缸中不似隐士，反倒像是一帮囚徒——钩痕与残鳞分别是它们的黥面与杖伤。

早上太阳刚出来时，鱼市的面貌是多么鲜活生动呀！一双双曾踏过青草地上露珠的皲裂厚茧的农夫们的脚，现又踩在污水倒漫下被乱扯丢弃的苞米须上。那时候，鱼市可供选择的种类尚很少，河鱼、河虾、养殖蛤蜊与咸带鱼几乎就是全部的水产了。往往上午阳光还很充沛，到了下午便转阴，同时鱼市也冷清下来，颇有一种人走茶凉的落寞感。

好几只不知是流浪还是家养的猫狗在肉案附近徘徊觅食；鱼贩在上午生意最好的时段便做成了一天当中九成以上的买卖；活鱼仍在池缸中游，冻鱼则被放回冰库；没有片云流徙的阴天光线无法穿透篷布，就像目力无法穿透黑暗；鱼市斜对面的一扇老窗扉内传出旧电视机那夹杂着努力接收信号时的雪花点噪音……

天黑前还会有零星生意，一般是为了招待姗姗来迟的远道贵客，否则乡下家庭光是剩菜就可以随便应付一餐。那些在渊暗的水底没头没脑游撞，呼吸也在逐渐变得困难的河鱼最终还是难以逃脱成为"盘中餐"的命运。被捞出来时，它们的眼白瞪向浓墨一般的半空，虽然无助，却也获得了某种解脱。当它们在砧板上忍受去鳞剖肚的酷刑时，七秒的记忆是否还能替它们屏蔽掉鱼生最后一刻的痛苦难耐？

剑岭枫岚

这一带的地形非常独特，阡陌河亩之间耸立起根根峻岭巨柱，像是无数缺少了伞菌的蘑菇。当地人基本住在"蘑菇"的顶端，晨迎日出，暮送禽归，仿佛自己俱是太阳的子民。

我曾乘坐小货车，在盘旋爬岭的公路线上颠簸着斜绕行驶，而"菇顶"就是我们的新住处。从车窗望出去，长短宽窄皆不一的水道构成了平地上的棋格。水田的残镜倒映着午后阳光，看上去却格外粲新。白色的大鸟张开翅膀，恍如仙人坐骑，而其他的剑岭从这个角度平视，隔开的距离简直就像母星与邻星那么遥远。

搬进住处后，我做的第一件事便是迫不及待地往窗外探看：岭背外有两排枫树夹着一条碧靛莹绿的恬静河流，打这个方向一直绵延到了约五里开外。这真像是临窗挂了一幅绝美的画轴，无论朝夕，皆可独享沉醉于其间的滋味。而且根据四时之景不同，这幅画轴也在时刻发生着变化，譬如当晚就应景地下了一场急雨，声如弦拨管奏。透过夜雾望下去，红叶遍撒漫涨上来的江潮，枫阵摇晃，可以见到野火渔灯于孤舍疏林之间明灭。

待到半夜醒来再看时，已雨歇岚散，唯涨潮声仍如战声隆隆，壮驰远去。枫林偎红倚暗，夜空被洗得一片澄净，纤毫毕现的霁云如吹弹可破的笑脸，几颗星辰在天畔渺渺地鬼眨眼。

春风站台

一条流浪狗跑到站台上来，绿色的山风吹过，草籽惹得它想打喷嚏。整个站台被笼罩在由立柱撑起的前伸式穹顶下，站务员室的窗台上用石头压着刚送抵的报纸，风扬起带油墨味的边角，大小不一的字体代表了这个世间的喜新厌旧与优胜劣汰。

两丛山茶花栽在铁轨对面的山脊上，花期鼎盛，风姿绰约，色调热烈。它们同时被许多不起眼的植物围着，却荣辱与共，休戚相关，甚至偶尔还会给背阴处的地衣讲讲黎明带来的美好希望。雨雪风霜是令它们紧密团结的背后推手，也是调剂漫长岁月的连珠妙语。昼与夜在山屏树障两端将日月抛来掷去，唯有站台清冷如故。

列车驶过时，站台偶尔能得赏赐似的一顾，然后列车将呼啸着在站台前上演近半分钟的擦肩而过，且一并带走春天的车厢里走马参差的光与静好摇曳的影。当这个小站复归宁静，大自然的芳香便又重新占据了这简陋的一隅，那或许是艳花碧草的功劳，又或许是鸟衔风送所致。既得宁静如此，何必又去羡慕田园诗人的福祉呢？

站台的右手边是凿山而建的隧道，左手边是常年岚绕的小镇。可能距最近的城市也仅有数分钟车程，不过小站竟选定了这样一种朴素的生活——你也可以说它是被迫接受，但却日久生情——自此抛开了红尘繁华，只侧目于一双蝴蝶、一束星光，乃至醉心于一捧雪、一幕芜杂，或者贸然闯入的某个不修边幅的男人……

这难道不是像极了爱情吗？

细雨中的大佛

　　大佛俯瞰着脚下的百舸争流已经多少年了？它总是这样眯缝着眼睛，从下弯的眼角漾出笑意，既不略移，也不稍眨。很长一段时间里，沿岸总有纤夫拉纤，喊着整齐划一的号子，在江畔松软的冲击沃土上有力地留下深陷的脚印。

　　大佛背后的风成岩挡住了白日里大部分的光照，几百年前在它身上的缝隙内扎根的树种与草籽皆已盘曲长大，每一年的春天都会重新焕发生机。风云变幻的对岸是油菜花田等稼穑景象，云层移聚又各散，在散开的那一瞬间，能让你的心灵也倏忽明媚起来。大佛脚底下的栈道偶有几段被下午的阳光照彻，在那些位置举目四望，会生出"尘世美不胜收"的感动。

　　在那些昼夜皆经受侵蚀的赭红色凿岩上，野鸟常会来筑巢，它们的心思只有大佛了如指掌。在细雨天气里，整条江上阴雨漠漠，然而你看去只有不是在发光便是颇黯淡的银线。到后来还会有江风卷起"水晶帘"，不但吹斜了雨脚，更将半空吹出一片白色的澄明。白帆在江心抹匀皱纹，野鸟冒雨衔食，来去间宛如在空中掷出"打水漂"的薄石片。

　　雨霁的黄昏，隔江的花田一下子就明艳了起来，背衬着黑瓦白墙蓝天粉云，再加上一抹堪称"点睛之笔"的霞翳，既养眼又润心。江面在此刻也被划分成了不同颜色甚至不同深度的地带，不过都倒映着暮云与残日。大佛心中一派祥和安宁，而当野鸟扑扇着被打湿却转瞬即干的翅膀飞回巢来，更是无限接近于极致的欢喜了。

月出东山

走到室外，身后的光喧一下子清晰，一下子模糊。我看见自己细且长的影子投在门外，晚风将黑骏骏的杂木林吹得像是颠倒的钟摆那样晃荡。只一轮明月高挂，便给了整片夜空以梦幻般的光泽。公路上砾屑几乎历历可见，橘林间万叶翻涌成海。

"我出去走一会儿。"知会过同伴后，我踏向了月色下的村野。田野溶溶泛光，山体则皑皑如覆清雪。偶尔有几处塘湖幽谧得就像沉睡中的姣好面容，看不见的鸟巢内传出咕咕的呢喃。随后我又走入香樟树居多的林甬道，月亮在此却步，树影则在地面编织构成了荇藻。我的心底有种不愿自我表达的情绪，仿佛只要浮生一瞥，记不记得住全无所谓。

出了半似隧洞一样的林甬道，便可见到高低的地势间民居杂陈，这让我想起了曾与故乡长别前的最后一夜，也是乱楼环拥，路灯与电线让镇集产生出一种拼凑感。而我站在庭院的中央，明月照得我的离愁无处遁形。那些瓦片如鳞亦如篦，面对着星空也能毫不自惭形秽。

最后我来到了一处丘顶，回头望去，月亮已经大如银盘，而我们就餐的那家小饭馆俨如萤火虫中的佼佼者，远处与更远处皆是满山满山的橘林与其充满自然美的轮廓。在这里想起生平，就仿佛与迎面而来的自己撞了个满怀。那时的自己多愁善感却不孤单，现在则恰恰相反——已不再多愁善感，但却无比孤单。

千里返乡

　　早晨出发的时候尚有一丝晴明，寥落的野鸟在光云上展翅。连续几十公里的路程都是在夹山的怀中行进：山顶瘦石贫木，山溪的水位已降到最低，河床清癯。只是谁也不曾料到，仅一会儿工夫，天色便阴峻下来，彤云像倾巢而出的蝙蝠一样笼罩了峡谷上空。

　　雪尘就这样飘将起来，不过并非一味地下坠，而是不断上旋，回升，就像芦花在忧郁的心情周遭飞舞。路卡与交通灯一路广设滥布，车灯与雨刷则背负着让车主正常行驶的使命。雪势最大的时候，倒不太像满屏幕的雪花点，而是如同白涟涟的粗斜刀刻，在有色的背景上营造出一种密集到壮观的效果。

　　车内的空调发出低调的响声，听惯了也就与白噪音无异。我隔段时间便会下车，到温暖如春的服务站内吃点喝点，顺带上个厕所。沿途风景并非不值得留恋，可当你的目标明确，急迫地想要见到谁时，它们也就成了走马观花之余的一瞥。这雪下得颇似边塞能迷目缠足的大规模降雪，然而很快便摇身一变，成了江南腊月的万千冻絮——即使穷尽江南冬季里的云层雪库，也无法与北方一场普通却雄浑的朔雪相比较。

　　路线逐渐回到我打小便熟悉的那一段上。运矿的大车呼啸着迎面驶来，像是头通身冒汗的庞然巨兽，只留下刹那间的压迫感，便错身背道而驰。我想，雪停的时候，天空也会恢复往昔的面目吧？那样的晴媚或许能比夏日博得更多这世上万物的嫣然一笑，当然也包括鼻头冻得红惨惨的我。

翳谷风吟

枇杷叶染上了白霜，巉岩间的泉涧已干涸，山谷上空的凛冽寒风揪扯着被冷气流擦拭过的彤云。就连车辆驶经，也不曾带来车上这个小型人类社会的丝毫温度。

若是躬逢盛夏，鹰隼等猛禽会投下矫健的雄姿，翅膀常擎不收。树木宛若众佛的塑像，宝相庄严。不管谁在谷中走一会儿，都难逃大汗淋漓，要是没有遮阳草帽，头发更会被晒成一摩擦便有静电。然而今夏毕竟早已逝去，不似如今这样万物萧凋，连人也变得臃肿了。

顺着谷内逶迤泻出的山溪现在全都水落石出了，杂布于嶙峋的怪滩，只有个别圆滑好似鸟蛋。山谷两翼的峻崖相对突出，原来天呈一线，现在只觉得癯瘦。寒木非秃即折，晚岚将深寺笼罩，而朔风卷起沉甸甸的霰粒，发出荡涤心灵的淡泊啸音。山扉掩闭，鸟兽绝迹。

当我走近儿时常来玩耍的小水电站时，暮色渐浓，谷内人家数里为一聚落，疏灯明灭隐现。青森森的皋暮下自有一种冷寂的色调，老人们开着旧三轮车运回柴火，酷似一头苟延残喘，眼中却仍有生命之光的垂老野兽。老伴坐在车前一侧，跟驾车老汉形成了连体树般的错觉。夜雪开始纷纷扬扬撒下，但并不是白色，而是柴火哭烧时烬泪的颜色。

我旋又走入林间霜径，一直来到水位降至底部的湖塘附近。所有的枝干一意刺向昏沉的天幕，就像从黑色海洋中伸出的一只只既无目标也没来历的手，每根手指都峭直而脆硬。滩涂的调色能让灵魂也为之悸颤，仅有的冻洼陷入了漫长的冬眠期。所有风物都在憧憬天空由晦转明，因此痴痴觑定暗雪虚空，远处的犬吠似在控诉着无以御寒的惨境。

　　我回过头去，一时竟找不见来时那条饱经践踏才辟出来的窄路。

黎明的江渚

连鱼肚白还未初显的时辰，便有农家女到江渚上放牛了。但见晨雾连着晨雾，面纱套着面纱，乍起的晨风吹得人起一身鸡皮疙瘩。

即使尚无蝇虻出没，黄牛还是习惯性地甩动着尾巴。晨雾裹起了岸边的风景，原本沃茂的绿色如被置摆于干冰当中，因升华而发散的白气将其缭绕围缠。已抽穗的芦苇活似巨人们眼中的莠草，铁锈色的红蕨散落在菱形的雾渚上面，而枝白叶稀的先秋之树血管中流的仍是绿色血液。

河滩时而如褐色龟甲，时而又似白龙脊背，而密密麻麻的鹅卵石就像微观视角下的酶。二三白鹭以优雅的姿态泊降，复又腾飞而起，飘飘然有仙家气象。晨光驱散了大部分江雾，在河面上铺开万丈晴阳，淡粉色的朝云温柔了此刻已清醒过来的众生灵们的身心。稍远处的彩色琉璃屋顶有几分像是贻贝的眩光。

放牛妇漫不经心地挥抽着芦枝，牛低下长犄角的脑袋耐心啃草，并不去看蒸蔚流散后的日出。江水的分支涌突进田野，露水在难以计数的叶片上辉映出无数个晶莹而袖珍的世界，原本碧靛的水面变作了宝蓝色。江水撞在石头上的声音饶舌又强硬。

在树木最密集的河段，有红日穿过层层绿障，远处青石拱桥的孔洞状若耳蜗。

秋日凭窗

窗户虽不大，但可俯瞰的范围极广。那些风景像是从年幼读物中浮凸出来的笔触，一勾一兑，一勺一调，尽得以"秋"为主题的油画之精髓。这里只不过是某栋普通的二层洋楼，然而光是凭窗外的景色，便足以让它待价而沽，甚至身价倍增。

在这环形山势的上空，候鸟们往往只兜个圈子，做一番"过了这村便没这店"的谢幕演出，然后便继续北上。不伦不类的仿欧古堡看起来颇有序，实则毫无艺术美地矗立在山巅。若逢着雷雨夜，古堡内的灯光就好像萤火虫躲在牛蒡叶下。雨幕底，清新的水汽弥漫，电闪时或照亮回环的山体、翻涌的树海与古堡的尖顶，风雷则是大张旗鼓助兴的舞台设计。

将镜头重新拉回到这个闷热的午后：红松、云杉、蒿草与稀疏的鹅掌楸等当地植物简直类同于一个小而复杂的人类社会。如果将时光的速率调快数倍，那么它们从荣到枯又从枯到荣的过程，将是大自然顶顶无俦的奇观。有时是草随风动，时或树随光动，抑或月随云动，每个时间段都握着神来之笔，完全不必害怕低潮或冷场。

凭窗看着秋日的白昼渐暗，忽然迎来如回光返照似的一刹那明亮。天边的乱云正用金线描边，灰蓝填色，最后与落霞同时沦陷。山下，清峻的灯火伴着寥落的晚烟，就此步入凉爽舒惬的秋夜。而我背对站立着的这栋洋楼亦将成为地面那亿万星辰中的一颗。

雨渊晚塘

　　我走过垂挂着紫色花序的雨树底下，沾了一身花叶，而花叶又被雨露所沾。花叶落在泥里，难逃被踩躏成稀烂的命运，不像我的靴子踩上去，仅是附了一层更厚的靴底泥。这时候没有日月星辰，只有雨绿之上着烟绿，烟绿之下又藏起江南铜绿似的晕染之绿。

　　所谓"雨渊"，需要你最大角度地抬起头来，设想天与渊在这一刻颠倒，那些暗蓝色的浓云成了你正在俯瞰的沼泽、炊烟与密树。水鸟与家禽的雏崽们在同一个池塘内快活地游弋着，时而深潜，将它们嫩黄色的蹼掌抬露出水面，恍如小小的花骨朵。它们并不排外——丑小鸭若是生活在它们中间，一定会幸福上许多。岸上细流不断注入塘内，又兼天雨无处宣泄，因此水位涨了又涨，连石阶带树根一起淹没了。

　　我来到一道水闸前，闸内的白沫涌浪托着零碎的落瓣打转。等我溯源而上，竟在雨幕的清光下发现了一艘泊着的小船。它在这里是为了蓄力更遥远的航行呢，还是真的失去了劈波斩浪的热情？小船在对岸黄浊的溢溪口做着十分久远的美梦，而森森枝叶将凉雨弹拨到我的脸颊、脖颈还有指腕上，帮我时刻保持清醒的状态。

　　我忽然想起了几句古诗来，譬如"野渡无人舟自横"等等，可是在这种幽暗的背景下，任何不全情投入的欣赏都犯了"暴殄天物"之罪。我在塘涧洗过鞋底，朝着那艘小舟深情凝望。戏水直至心满意足的黄绒小鸭们滑稽却认真地排着队，像支童子军般顺利凯旋。

深雪高云

　　一只云雀——兴许身上还有蓝色条纹——轻盈的身姿从浓卷云与半透明的纤薄断云间没入低空，如同垂直劈开了一条光海的通道。它对积雪的厚度产生了不多的惊讶，不管人类喜不喜欢，这都不利于它勉强果腹。它栖降在一株几乎被雪埋了一半的枯树上，慵懒地抖抖翅膀，放眼四望竟无一知音鉴赏。

　　它似乎曾在梦中目睹过此情此景：雪的切口异常齐整，让人不禁猜疑是否有人顺着路渠刨游而过；人在雪堑中行走，犹如步行在高度一致且绝不伏摇的密集薹草，或者切割均匀的纯白果冻当中。雪丘、雪原与雪沼皆很安静，就连看门狗也不吠叫一声。檐上的风铃像是挂了坚冰流苏，冬日的晴阳照泻，是明暖色调的清寂感。

　　雪地上粉染金漆，那是天空对它最后的言传身教。无数树杈不是像利爪便是仿若雷达，甚至还有点残荷败藕齐刷刷望向沉静微笑着的天空的味道。云雀猛地意识到自己实乃孤家寡"鸟"，于是凄厉地鸣唱一声，重又飞向云端，同时还仿佛拖着数根闪光的短尾羽。

　　现在它可以更高也更全面地俯瞰雪地了，风景在它眼里幻化成某种没有具体形状却能激发想象的朦胧启示。它滑翔了一段距离后，发现了今天遇见的第一个人。他在雪地里艰难地跋涉，却无法避免雪地的完整被破坏。远处村庄的炊烟蓬松绒白，与头上方的晴云形成了"水乳交融"般的胜利会师。

炎午阵雨

几个西瓜摊摆在路桥的香樟树下，俨如好几筐袖珍地球等待着售卖，扬起的轻尘有一种水泥地遭到曝晒后又被井塘水浇洒的气味。超市与饭馆外的空调嗡嗡作响，饭菜炒熟后香味四溢，偶尔有公交车停站，每每引起夏蝉一通毫不顾惜气力的聒噪。

我上了其中的一班，挑了个靠后的位子，一路颠簸着欣赏沿途风景。云层开裂，阳光直泻，绿野连山像是发光的海洋，只有最细微的浪屑如舔舐一般摇曳。这时节盛开的野花乃是恣意的狂欢、无价的青春，以及慨然赴死的决心，蜜蜂在它们怀中感受着那份热忱。

路桥下方有碧川流经，傍河而居的镇民眼中兴许有不一样的风景。夏天在他们眼中脱去面具，仅流露出温柔淳朴的那一面。古树苍郁，而新栽种的绿植尚未形成气候，沥青马路从密林掩映的寺庙脚下延伸开来，零星的几团雨云像数缕淡影移过骄阳的下方。

首先是风送来的雨兆，午风金黄发烫，阵雨则葱白凉爽。光线渐渐浑然一体，不再生成深浅浓淡的层次感。后来，雨线开始像千万条鞭子，在沥青路面抽激起无数回响。左边是原野，右边是山峦，浓墨重彩一般的绿浪层层翻涌，那不修边幅的轮廓倒也别具魅力。

待到雨停，空气清洗着肺，扑润着脸，云如美德被收藏起来，山岚却似才运忽明忽暗。

霜城的晴早

踊踊寒雀在窗台上的跳脚啁鸣驱走了最后一丝睡意，大团大团的光块在面江而沐的明冷空气中好似凝固了。我赖了好一会儿床才去开窗，不知道是早间的第几班公交车驶过楼下，引擎的声音低沉响钝。

待寒雀飞走，望向下降的水位，才发现芦根附近结了一层薄霜。我对着窗外冬日的美景仰起脸，恍如在洗漱之前先通了一遍毛孔。用过早饭，又在站点等来了路线符合的下班车，坐在后排径奔市区而去。

同车乘客有五六位，上年纪的聊家常，年轻人则欣赏起窗外风景，或沉浸在自我的世界里。驶过江上大桥时，阳光明晃晃得好像钻石，江面则神似一颗处变不惊的内心。远处高楼有种难得的干净，与周围的楼房保持着适当距离，这种独立悠闲而奢侈。晨练的市民们满足了所有关于"健康生活"的想象，且不仅令观者止步于此，更欲引其积极地付诸行动。

再开几站，新乘客陆续填满了车厢。当公交车驶过一堵略有长度的墙垣下时，墙内半枯半绿的冬木仅露了个头便令看客颇感惊艳。随着光影颠簸动荡，我遐想起了可能被这堵长墙庇护的小动物们：地盘日缩的昆虫；储备食粮的松鼠；留在故城的羁鸟……

再后来，商店招牌与落地窗一闪而过，在心中眼里摄下瞬间的荣耀时刻，无数巷弄藏在阴影中等着有限的眷顾。到达目的地市立图书馆后，刚下车的我好一会儿才适应建筑表面那一面面宏伟玻璃的反光。三两为伍的学生们抱着与我类似的目的兴致勃勃地交谈，执拗地维护着不容"道不同不相为谋者"置喙的小圈子。

古镇春步

在既有山也有水的古镇，无论阴晴雨雪都是桃源胜地，然而当我今日再次漫步其中时，还是察觉出了与往昔岁月颇为明显的区别。

油菜花照样艳艳地开着，在明媚的春光下，蜂蝶皆趋之若鹜。只因为我们长大了，一切便都在缩小——你曾经以为能够跑马的青石板路变成了楼房争抢空间进程中的一道光缝；你曾经以为堪与南天门媲美的牌坊实则如此其貌不扬；你曾经以为巍峨好似宫屏的白墙却被藤蔓给压得青淤庸矮了……

孩子们找到了很空阔的地方来放风筝，而映山红也找到了甘愿衬托它素雅气质的荆崖。你走过那一幕幕原本了如指掌，眼下却日渐疏隔的风景，燕巢内的呢喃也不知更送了几代，暖风中的日头将各色花香涂抹在你最柔软的感官上。童年那场持续了好几个昼夜的暴雨下，这排古檐不止庇护了一个孩子，那一双双期待着什么的明亮眼睛，因为从颇久远之前残留下来的记忆碎片而重新复苏了。

再走下去你还会想起更多：盛放在尿素袋中按斤称量的红糖与冰糖；与刺桠几乎齐高，却让人产生"探手可摘月"错觉的阁楼；随着时代变迁而逐渐沉寂下去的裁缝店与理发店；追着三轮车奔喊的孩子们纷纷踩碎那些油渍晕染成的水中彩虹……你明明横穿了整个古镇，却再也走不回那些个希望刚刚开始萌芽的简单年岁了。

现在当然也很美好，只是找不回流金岁月中的某些锱铢印象了，就像再过十年或者二十年，你也将找不回今时今日的青葱欲放一样。

半山雨霁

才来到山脚下，便隐约有了雨兆。天色铅灰，空气沉闷，树海昏恍。

我们穿过山下的引廊，来到浇成粗枝虬干状外表的石头护栏与贴着山壁的陡峻石阶前，开始登攀。松鼠们昙花一现般消失在视野边缘，鸟类则藏在暗绿的密林深处试吭。其他游客大多有备而来，登山的装备层出不穷。

自山顶便有数道泉壑或湍奔疾下，或细水长流，古今不同的桥式横跨其上，索网猛摇，栈桥跌宕。一开始的景点并无太多惊艳处，顶多是盘开胃小菜，尔后雨息渐趋深浓，有数点雨星落在叠岫山前。同来的少年健步如飞，一如年少时的自己。

在离半山腰的亭廊不远的地方，雨开始下大。来登山的大小组合皆选择驻扎在亭廊内避雨。急雨冲刷着斜瓦，林木瑟抖着颤复，亭廊下方的溪流很快涨得唱起了欢快曲调。落叶在溪面上百转千回，石床被萍苔侵据。游客们坐在长条的古凳上，边赏山雨边享食物。

雨下了将近半小时，连风都似乎与环绕亭廊的绿意融为一体了。濯洗过了的斜阳倏忽跃出，像一柄金背大刀毫不拖泥带水地劈开了雨后的青翠山林。云层灿然四散，当空架起一座透明的彩虹桥，无数金线在苍润欲滴的古树与清曜如许的溪涧上下百变着翻织，甚至见不到半绺浑浊的影子。

早春的公路

　　早春来临的最先征兆是日出前后的稀薄水汽，然而只要再过半个钟头，空气便将复归干冽。阳光茸茸地铺设了薄薄一层，像是汤匙为酥乳调拌。出发前尚是风轻露蒸，将近龙游地界时已转为云淡气佳。沿路不仅有鸡鸣狗吠，更有绿芽冒尖，黑枝舒骨。

　　这条公路急弯、斜坡颇多，路边的林木、湖塘与休耕了整整一冬的田亩足堪入画，连成一卷轴属于这个时代的《万里江山图》。偶尔可以见到 20 世纪兴造的建筑与庭院，或修葺过，或翻新过，与势力日益扩张的绿色无缝衔接。寥寥的燕雀降落在早春人家，难免沾上些滑头的市侩气；而当它们飞过圆白方绿的野外时，又似乎找回了沉寂已久的决心。野花与野鸟们编撰满一本厚厚的无字图鉴，候鸟的北返则刚刚被提上"议事日程"。

　　鸟儿掠过湖面的一瞬可谓美极，水生植物仍在因春寒料峭而畏缩。新藤在积蓄翻越田垣的力量，每棵树又在私下加了一圈年轮。云影投在湖心，恰似此刻的欢乐，无形亦无介。

　　湿润的黑色沥青路面泛着微光，头顶与两侧的甬树间洒落下斑驳的光影。那些擦身而过的车窗玻璃上有若干类同小岛屿般的污迹，透过它们张望车内，如往消声的池塘内投以惊鸿一瞥。孤独的钓者坐在怀拥着一川浩渺春水的岸畔，早早地摆开了阵势。我无从得知他此刻是何表情，只能通过他的背影遐想一二。

　　一个多小时的车程贮藏了多少欢愉的记忆，就好比青春易逝，而斯人难忘。